Naufragios

Letras Hispánicas

Álvar Núñez Cabeza de Vaca

Naufragios

Edición de Juan Francisco Maura

DUODÉCIMA EDICIÓN

CÁTEDRA

LETRAS HISPÁNICAS

1.ª edición, 1989
12.ª edición, 2015

Documentación gráfica: Fernando Muñoz

© Ediciones Cátedra (Grupo Anaya, S. A.), 1989, 2015
Juan Ignacio Luca de Tena, 15. 28027 Madrid
Depósito legal: M. 81-2011
I.S.B.N.: 978-84-376-0851-8
Printed in Spain

Índice

Introducción

I

> Por la libertad, así como por la honra, se puede y
> debe aventurar la vida; y, por el contrario, el cautiverio
> es el mayor mal que puede venir a los hombres *(Don
> Quijote,* Cervantes).

Cada día aparecen más artículos sobre el escritor en
cuestión y no es una casualidad dado el tremendo interés
que despiertan la vida y la obra de un hidalgo con tan sin-
gulares experiencias. La polémica en torno a si el texto pertenece más al campo de la historia —crónica en el sentido
más estricto de la palabra— que al de la narrativa literaria
sigue abierta, no obstante de haberse escrito ya varios
artículos y trabajos sobre el tema[1]. Mi opinión se inclina
definitivamente del lado de la «creación literaria» por enci-

---

[1] Para una mejor comprensión de la dimensión novelesca de los *Naufra-
gios,* véanse entre otros trabajos, Lee W. Dowling, «Story vs Discourse in the
Chronicle of the Indies: Álvar Núñez Cabeza de Vaca's *Relación», Hispanic
Journal,* 5.2 (1984), págs. 89-99. Billy Thurman Hart, «A Critical Edition
with a Study of the Style of *La Relación* by Álvar Núñez Cabeza de Vaca».
Diss. Southern California University, Los Ángeles, UMI, 7426030, 1974.
David Herbert Bost, «History and Fiction: The Presence of Imaginative
Discourse in some Historical Narratives of Colonial Spanish America»,
Diss. Vanderbilt University, Nashville (Tennessee), UMI, 8221365, 1982.
David Lagmanovich, «Los *Naufragios* de Álvar Núñez como construc-
ción narrativa», *Kentucky Romance Quarterly,* 25.1 (1978), págs. 27-37.
Robert E. Lewis, «Los *Naufragios* de Álvar Núñez: historia y ficción»,
Revista Iberoamericana 48.2 (julio-diciembre de 1982), págs. 681-694.

ma de lo que los *Naufragios* puedan tener de testimonio histórico como intentaré demostrar durante el desarrollo del presente trabajo. De cualquier forma existe una elaborada combinación de elementos reales y concretos que moldean y prefiguran la estructura del relato al gusto del propio autor. Cabeza de Vaca relatará con un laconismo sorprendente lo sucedido en la fracasada expedición de Pánfilo de Narváez, quitando y poniendo a su propio criterio, de forma tal que su persona y sus actos no pasarán inadvertidos en ningún momento desde el principio al fin de la obra. Los otros tres compañeros que pudieron escapar con él sólo tendrán un papel secundario, sin llegar el lector a identificarse con ellos en ningún momento. La impresión final después de haber leído la obra no es otra que una tremenda admiración y respeto por todas las vicisitudes y peripecias por las que tuvo que pasar el protagonista para salir con vida después de nueve años de haber estado perdido. Su figura ha sido comparada con la del padre Las Casas por el tratamiento que dio a los indios. Se le ha llamado «arquetipo humano de la hispanidad»[2] «el primer cirujano de Tejas»[3] y una larga lista de epítetos que hacen extraño que no se le haya canonizado todavía. De todos modos fue nombrado por el Emperador Adelantado y Capitán General del Río de la Plata, títulos que probablemente estarían mucho más acordes con sus aspiraciones en aquel momento. Todo esto a raíz de contarnos a su manera el relato de un suceso de relativa importancia histórica. Y fue precisamente su «manera» lo que ha hecho que su *Relación* sea una de las más amenas y entretenidas de las escritas sobre el conti-

---

[2] Carlos Lacalle, *Noticia sobre Álvar Núñez Cabeza de Vaca. Hazañas americanas de un caballero andaluz,* Madrid, Colección Nuevo Mundo, 1961, pág. 10.

[3] Nancy Hamilton, «Painting Depicts Cabeza de Vaca, First Texas Surgeon», *Texas Times,* The University of Texas System (mayo-junio de 1983), pág. 2.

nente americano, y de ahí su valor literario. Por otra parte, y este factor es muy importante, a través de su obra escrita ha sido capaz de atraerse la atención, no solamente de los lectores, sino del mismo monarca, propósito para el cual fue probable e intencionadamente escrita la obra[4].

Si se tiene en cuenta que España y Portugal, deciden evangelizar el orbe casi a la vez que finalizaban una cruzada religiosa que duró prácticamente ocho siglos, se comprenderá el tremendo valor e importancia que posee el factor religioso a la hora de analizar los hechos. Si bien es cierto que las ideas de Erasmo de Rotterdam, así como el influjo que tuvo el Renacimiento —y esto se ve en los *Naufragios*—, cuajaron de alguna forma en la manera de pensar, escribir y actuar de los habitantes de la península, también lo es, que las bases y las estructuras —sobre todo religiosas— que España y Portugal llevan al Nuevo Mundo son todavía medievales. La Edad Media está presente en esa enorme labor catequizadora que tuvieron franciscanos y dominicos, en la forma de interpretar la naturaleza, en el poder divino del rey, así como en la política internacional.

> el sistema administrativo de la monarquía hispánica de Carlos V era el del imperio medieval catalano-aragonés, adaptado y amplio para hacer frente a las necesidades de un imperio universal[5].

Pienso que uno de los valores más importantes de la presente «crónica», será el de darnos de primera mano información detallada y objetiva de los habitantes del Nuevo Mundo. Digo objetiva ya que en otras obras literarias y crónicas de la época se nos presenta al indio americano totalmente desvinculado de la realidad y del entorno que le

---

[4] Robert E. Lewis, pág. 684.
[5] Ubieto/Reglá/Jover/Seco, *Introducción a la historia de España,* Barcelona, Teide, 1984, pág. 355.

rodea. Unos por fines económicos y políticos y otros por fines estéticos y literarios, han deformado a propósito la imagen del indígena americano. *La Relación* de Álvar Núñez, posee la veracidad de alguien que ha vivido «desde dentro» la cultura que él mismo nos narra. Todo esto combinado con elementos novelescos que no hacen más que presentarnos al narrador y protagonista como al «buen pastor» de los indios en una «Vita Christi» encaminada a convencer al entonces emperador Carlos V de la importancia de la empresa por él realizada en el continente americano[6]. La importancia del texto aumenta al encontrarnos que es la primera narración sistemática de las diferentes culturas de los indios del suroeste de Estados Unidos y del norte de México. Sus relaciones con los indios serán de «igual a igual»; fue su esclavo por un período de seis años. Menciono el hecho de la esclavitud intencionadamente, ya que precisamente en estos momentos son muchos los que quieren volver a presentar la imagen del indio como la del «buen salvaje», el hombre natural y no contaminado, apoyándose entre otras, en las dudosísimas afirmaciones del padre Las Casas. Los indios que nos presenta Álvar Núñez, no eran ni «mejores» ni «peores» que los españoles que llegaron a sus costas.

En un elaborado estudio sobre la genealogía materna y paterna del autor, así como sobre la fecha de su nacimiento —que también se pone en duda—, Rafael Barris Muñoz llega a las siguientes conclusiones:

> Hoy ya se puede dar un paso más y sin temor de equivocación establecer que el explorador de la Florida y el Plata nació en la ciudad de Fortún de Torres y en ella pasó los primeros años de su vida. Un documento auténtico, como que es un documento oficial, lo establece así y al propio tiempo nos suministra algunos detalles de interés sobre la familia de aquel. El acta de discernimiento de la

---

[6] Robert E. Lewis, pág. 690.

tutela de los huérfanos de Francisco de Vera y doña Teresa Cabeza de Vaca hecha en Jerez el año de 1512 a Pedro de Vera su tío. Ahora bien, el mayor de estos huérfanos no es otra persona que Álvar Núñez. Este precioso documento presta un apoyo grande para fijar conjeturalmente la fecha de su nacimiento[7].

Es importante conocer detalles biográficos aparentemente insignificantes de la vida del autor de los *Naufragios,* fundamentales, en el caso de un hombre de este tiempo, a caballo entre la baja Edad Media y el Renacimiento. Harris Muñoz amplía algunos detalles al respecto.

> Es verdad, que el acta de discernimiento de tutela indicada no dice taxativamente que Álvar Núñez Cabeza de Vaca haya nacido en Jerez de la Frontera, pero siendo esta la ciudad de sus padres, habiendo estos residido de continuo en ella y encontrándosele allí menor de edad, era necesario que existiesen pruebas positivas en contrario para que se pudiese considerar como probable otra cosa. En numerosos documentos conservados en el Archivo de Indias de Sevilla confiesa Álvar Núñez ser natural de Jerez[8].

Al escritor jerezano se le conoce desde el tiempo de sus contemporáneos, por su apellido materno Cabeza de Vaca. El origen un tanto legendario del apellido se dice que viene de la batalla que se produjo entre moros y cristianos en Las Navas de Tolosa en el año de 1212. Un pastor de apellido Alhaja, señalando un sendero con un cráneo de vaca, abrió paso al ejército cristiano cuando este estaba rodeado por el enemigo, pudiendo así ganar la batalla. En recompensa el rey cristiano le dio al dicho pastor el título de Cabeza de Vaca.

---

[7] Rafael Barris Muñoz, «En torno a Álvar Núñez Cabeza de Vaca», *Boletín del Real Centro de Estudios Históricos de Andalucía,* Sevilla, año 1, núm. 1 (septiembre-octubre de 1927).

[8] Rafael Barris Muñoz, pág. 45.

Al servicio del Duque de Medina Sidonia

Álvar Núñez, tuvo la oportunidad de recorrer varios países y desenvolverse en medios diferentes. Su vida es una de las más apasionantes de las que jamás se haya tenido noticia. Es cierto que todavía quedan algunas lagunas por completar acerca de su juventud, así como de sus últimos años. La fecha más probable de su nacimiento es la de 1490, ya que parece ser que participó activamente en la batalla de Rávena, batalla que costó a los españoles 20.000 vidas y una derrota, pero que obligó a las tropas francesas a retirarse de Italia. Durante la contienda, estuvo al servicio del capitán Bartolomé de la Sierra y tras ellas volvió a Nápoles «muy destrozado»[9]. En el capítulo XXIV de los *Naufragios,* es en la única ocasión en que se hace mención de Italia, lo que en cierta manera vendría a confirmar su presencia en aquel lugar. «Toda es gente de guerra y tienen tanta astucia para guardarse de sus enemigos como tenían si fuesen criados en Italia y en continua guerra»[10]. Sobre el año 1513 —dice Bishop— volvió a España y se puso al servicio del Duque de Medina Sidonia. Efectivamente, son varias las veces que aparece mencionado en los legajos del Archivo Ducal de Medina Sidonia. La fecha más antigua es precisamente la de 1513, donde se hace mención de un tal «Álvar Núñez» en un libro de cuentas[11]. El cargo de Álvar Núñez es el de «camarero» de calidad suficiente para ser desempeñado por un miembro de familia tan ilustre como la suya. No hay que olvidar que la casa de Medina Sidonia fue una

---

[9] Morris Bishop, *The Odyssey of Cabeza de Vaca,* Nueva York-Londres, The Century Co., 1933, pág. 9.
[10] Álvar Núñez Cabeza de Vaca, *Naufragios y Comentarios,* México, Premiá Editora, S. A., La nave de los locos, 1977, Cap. XXIV.
[11] Archivo Ducal de Medina Sidonia, Legajo 2430.

de las primeras en ser visitadas por Cristóbal Colón en busca de ayuda para poder financiar su viaje al Nuevo Mundo.

Don Enrique de Guzmán, segundo Duque de Medina Sidonia, era el entonces jefe de una familia que se había tallado en el dominio feudal más espléndido de toda la península; era, por tanto, el hombre más rico de España, y reinaba de hecho sobre una región extensa que rodeaba el puerto de Sanlúcar. Con sólo que hubiera querido este gran señor se hubiera podido encargar de toda la empresa del descubrimiento[12].

Don Juan Alonso de Guzmán es el entonces —año 1520— Duque de Medina Sidonia. Un dato a tener en cuenta es la capacidad de Álvar Núñez para encargarse de compras para el Duque, lo que por una parte indica la gran confianza que en él tenía el Duque y por otra la facilidad de nuestro autor para llevar cuentas y gastos; recuérdese que unos años más tarde partirá como tesorero y Alguacil Mayor en la expedición de Pánfilo de Narváez. En otro documento encontrado en la Casa de Medina Sidonia se puede leer lo siguiente:

Pedro Díaz Valdivieso mi criado y capellán yo vos mando que de los maravedís de vuestro cargo deste presente año deis a Álvar Núñez Cabeza de Vaca mi criado honce mil y seiscientos maravedís los cuales son quel a de aver por otros tantos quel gastó por mi mandado en 20 varas de raso negro que compró para mí en la villa de Valladolid a precio de quinientos y ochenta maravedís la vara los quales dichos honce mil y seiscientos maravedís le dad y pagad y tomad su carta de pago o de la persona que con su poder los hobiese de haber con la cual y con esta mi carta mando a mi contador mayor y oficiales de mis libros que los os

---

[12] Salvador de Madariaga, *Vida del muy magnífico señor Don Cristóbal Colón*, Buenos Aires, Editorial Sudamericana, 1944, pág. 200.

reciban y pasen en cuenta. Fecho en mi villa de la Torre de Guzmán a 10 días del mes de junio de 1525 años. Firmado: el Duque[13].

Bishop hace también mención de la participación de Álvar Núñez en la lucha contra los levantamientos Comuneros que hubo en Sevilla en 1520, en la aniquilación de estos en Villalar —en la que participó con cuatro caballos—, en su presencia en la batalla de Tordesillas, así como en la lucha contra los franceses en Puente de la Reina (Navarra). El mismo autor —Bishop— alude a su vez dos documentos donde aparece simplemente mencionada en dos ocasiones su mujer, no haciéndose, sin embargo, ninguna referencia documental sobre el asunto[14].

La última noticia que se tiene de Álvar Núñez antes de salir para su primer viaje a América —excluyendo las que darán algunos testigos sobre la impotencia del más tarde duque de Medina Sidonia, don Enrique de Guzmán— será sobre un pleito que tuvo Álvar Núñez Cabeza de Vaca, la fecha es del 30 de abril de 1527, menos de dos meses antes de hacerse a la mar. Son dos documentos que se encuentran en el Archivo de Medina Sidonia, en una cuenta general de gastos menudos, uno de los cuales dice así:

Que dio más al licenciado Telega (o Teleza) e por él a Fernando Milchior ciento e setenta y ocho maravedís los

---

[13] Archivo Ducal de Medina Sidonia, Legajo 2438 (hacia la mitad del Legajo).

[14] Morris Bishop, pág. 10. Hoy sabemos, gracias a documentos del Archivo Histórico Provincial de Sevilla, que su mujer se llamaba María Marmolejo. En un documento de mayo de 1527 (pocos días anterior a la salida de Alvar Núñez hacia América) podemos leer: «Sepan quantos esta carta vieren como yo Alvar Núñez cabeza de Vaca vezino que soy desta ciudad de Sevilla en la collación de Sant Andrés... a María Marmolejo my muger e a Juan Ximenes my criado ambos a dos mismamente...» (Archivo Histórico Provincial de Sevilla, Legajo 9135, fols. 390r y 390v).

cuales son que el alcanzó de cierta cuenta que con é se tuvo de ciertos gastos que hizo en el pleito de Álvar Núñez Cabeza de Vaca en la ciudad de Jerez segund está en su cuenta en el libro de cuentas menores de este año[15].

¿Tendría alguna relación este pleito con su partida? Lo cierto sera que a partir de ahora Álvar Núñez irá en busca de fama y riqueza como tantos otros hicieron y harán durante ese siglo. El puerto de Sanlúcar de Barrameda está a solo ocho millas de Jerez, y era el puerto más importante de «Indias», ya que es al mismo tiempo desembocadura del río Guadalquivir, navegable hasta Sevilla, y fue eje de la economía nacional durante el siglo XVI. Es muy probable, teniendo en cuenta la popularidad con la que contaban estos viajes al Nuevo Mundo, que el joven Álvar hubiese tenido la oportunidad de presenciar varias de las salidas y llegadas de personajes que por tal puerto pasaron antes de él. Algunos tan conocidos como Cristóbal Colón en sus posteriores viajes, Magallanes y Elcano, primeros en circunnavegar nuestro planeta en una expedición que comenzó con 237 hombres de los que solo llegaron 18, o Hernán Cortés que además conoció personalmente al duque de Medina Sidonia.

En Sevilla, donde se detuvo dos días, Cortés fue espléndidamente recibido por el Duque de Medina Sidonia, don Juan Alonso de Guzmán, el Bueno, quien le aposentó en su palacio, y le regaló al partir varios potros de su célebre caballeriza. Desde allí fue a Guadalupe, en cuyo monasterio estuvo nueve días consagrados enteramente a la devoción y al culto de la milagrosa imagen allí venerada[16].

---

[15] Archivo de Medina Sidonia, Legajo 2438.
[16] Hernán Cortés, *Cartas y Relaciones de Hernán Cortés al Emperador Carlos V,* colegidas e ilustradas por Don Pascual de Gayangos, París, Imprenta Central de los Ferro-Carriles, A. Chaix y Cia., 1866, pág. xxxii.

Por tanto la juventud de Álvar Núñez se desarrolló en un ambiente propicio para la aventura y el descubrimiento de nuevos horizontes. Siendo su abuelo don Pedro de Vera uno de los capitanes que participaron más activamente en la conquista de las Canarias se supone que alguna historia llegaría a los atentos oídos del futuro explorador.

De regreso a España en 1537, después de la fracasada expedición de Pánfilo de Narváez, Álvar Núñez, volverá a embarcarse, esta vez como Adelantado, Gobernador y Capitán General del Río de la Plata, bajo ciertas condiciones previas estipuladas en las capitulaciones que se hicieron a tal efecto. Volverá a naufragar frente a las costas de Brasil, en la Isla de Santa Catalina, donde se informará del abandono de Buenos Aires y el establecimiento de la colonia en Asunción (Paraguay), siendo igualmente el primer explorador de dicho territorio y descubriendo camino de la Asunción, las cataratas del Iguazú, de mayor altura que las del Niágara. Una vez atravesadas las selvas brasileñas llega a la Asunción e informado de la muerte de Juan Ayolas asume el mando de la colonia en 1542; exploró los territorios del interior en varias expediciones, consiguió reducir a los belicosos guaycurues en colaboración con los guaraníes, pero sus relaciones con los oficiales reales no fueron muy cordiales. Algunos de estos según testigos presenciales, tenían hasta veinticinco indias a su cargo, según aparece en los testimonios del pleito que más tarde (1545) el licenciado Villalobos fiscal del Consejo de Indias, llevará a cabo en contra de Álvar Núñez sobre los supuestos excesos que cometió durante el tiempo que ejerció su cargo[17].

El misterio que envuelve la última parte de la vida de Cabeza de Vaca, ha sido rodeado también de leyenda y de especulación. Poco a poco van apareciendo documentos en diferentes archivos que van dando nuevas pistas que

---

[17] Archivo General de Indias, Justicia, Legajo 1131.

ayudan a reconstruir este interesante rompecabezas. La lista de acusaciones de treinta y cuatro capítulos que pesan en su contra, motivó que después de un largo proceso se le diese la siguiente sentencia, que al parecer nunca llegó a cumplirse.

> le suspendemos perpetuamente del oficio de gobernador, adelantado u otro cualquier oficio de justicia en todas las Indias y tierra firme de su Majestad (...) le condenamos a destierro perpetuo de todas las dichas Indias y no lo quebrante bajo pena de muerte y así mismo le condenamos que por tiempo y espacio de cinco años cumplidos siguientes sirva a su Majestad en Orán con sus armas y caballos a su costa y esté en el dicho servicio por el dicho tiempo so pena de que sea doblado el dicho tiempos otros cinco años más (...) Valladolid a veinte días del mes de marzo del año de 1551 años[18].

Después de haber estado preso en la Corte ocho años y revocada su sentencia pasó a ser nombrado juez de la Casa de Contratación de Sevilla, ciudad en la que murió, según algunos siendo prior de un convento.

Existe un documento curiosísimo en los Archivos de Medina Sidonia sitos en Sanlúcar de Barrameda —puerto de donde salieron la mayoría de los exploradores y conquistadores en el siglo XVI, incluido Cabeza de Vaca— en el que tratando sobre la nulidad de matrimonio del entonces Duque don Alonso de Guzmán —por motivos de impotencia sexual— se menciona en varias ocasiones a su «camarero» Álvar Núñez Cabeza de Vaca. Por su extensión me limitaré a los fragmentos más significativos, no obstante, de tener gran parte de ellos un ambiente que bien podría hacer re-

---

[18] A.G.I. Justicia, Legajo 1131 (la ortografía está actualizada). Juan de Villalobos fue un juez modélico, murió pobre y el Consejo de Indias tuvo que conceder a su viuda un año de sueldo para que pudiese pagar sus deudas. Véase, *El gran Burlador de América* (2.ª ed.), pág. 18.

cordar a algunos pasajes de *La Celestina,* con un tono bastante «subido» pero que de alguna manera refleja la dimensión pícara de Álvar Núñez en su juventud.

PROCESOS Y AUTOS SEGUIDOS sobre la nulidad de matrimonio de los Srs. Duques don Alonso y doña Ana de Aragón y validación del contraído por esta Señora con el Sr. Duque don Juan Alonso, en que hay tres Sentencias las dos dadas por el Sr. Cardenal don Alonso Manrique Arzobispo de Sevilla en esta ciudad una a 19 de marzo de 1532 ante Pedro León Notario Apostólico como juez delegado por Breve de su Santidad[19].

(A continuación se presentarán algunos fragmentos de dicho proceso donde aparece mencionado el nombre de Álvar Núñez Cabeza de Vaca).

Vio un día que el Duque tenía su natura alzada algo, estándole atando las calzas el camarero, e que esto no sabe si era por tener ganas de orinar o si era de su natural de querer alzar como hombre. Estaban presentes el camarero Álvar Núñez e Íñigo de Guzmán, e todos se rieron de ello. Preguntando por qué se reían dijo que porque este testigo nunca le había visto de aquella arte. Preguntado «en que posesión lo tenían», dice que como hombre que no hiciera aquello, e que por esto se rieron de ello. Vió esto dos o tres años después de casado el Duque. (Juan de Lasarte.)

Siendo camarero del Duque Álvar Núñez Cabeza de Vaca, él y este testigo quedaron en meter una mujer al Duque después de casado estando acostado en la cama. Y que esta mujer venía limpia y olorosa y con camisa limpia para que hubiera acceso a ella, para ver si era potente, y la dicha mujer dijo que ella trabajaría con el Duque para que oviera parte con ella. Y que este testigo y el dicho camarero Álvar Núñez, que ya es difunto, dejaron a la mujer con el

---

[19] Archivo Ducal de Medina Sidonia, Legajo 937 (hacia el primer tercio del legajo).

Duque dentro de la camara y cerraron la puerta, y se pasaron a escuchar. Y que entonces este testigo y el camarero oyeron como el Duque daba voces y lloraba diciendo:

—¡Déxame Dola! ¡Al diablo Dola! ¡Al diablo!

Y que ella lo alagaba y hablaba amorosamente, e él no por eso dexaba de llorar e decir que se fuese, e que entonces la mujer salió a la puerta e se la abrieron e dixo al camarero e a este testigo:

—¡En hora tal me metiste acá! Que no aprovechaba nada. Que no es para nada.

Este testigo, con Álvar Núñez Cabeza de Vaca, que es ya difunto e Villavicencio, e Juan de Vera, hermano de Álvar Núñez que así mismo cree que es ya difunto, y otros, como deseaban mucho que el Duque fuese hombre para llegar a la Duquesa, echaron al Duque dos o tres mujeres en diversos tiempos, las cuales e cada una de ellas lo tomaban, lo besaban e lo abrazaban, e tomaban su miembro en la mano e se lo trataban e lo trayan e incitaban sin provecho. «E que no era si no una mujer como ellas» (Juan Manuel Olando).

Este testimonio oficial amplía en cierta forma el punto de mira; la visión de un Álvar Núñez capaz de escuchar detrás de las puertas, espiando vidas amorosas. Una curiosidad un tanto picarona, pero que al mismo tiempo descubre un mundo nuevo de la vida privada de la casa de Medina Sidonia. Un ambiente mucho más desenfadado y frívolo del que en un principio se pudiese llegar a pensar, aunque quizá el que tenga que cargar con estos adjetivos sea el mismo Cabeza de Vaca. De cualquier forma lo que esto viene a confirmar es que el «andarín de América» es tan humano —en el sentido más amplio de la palabra— como cualquier otro español que llegase buscando «fortuna» al Nuevo Mundo. Esto que podría verse como un rasgo positivo, resulta paradójico, sin embargo, ya que su narración carece totalmente de cualquier situación amorosa, a no ser que sea en un plano mucho más universal al modo de un San Francisco de Asís o de incluso el propio Jesucrito.

Con la narración de sus hazañas podría hacerse el guión de una película de aventuras. No faltan ninguno de los ingredientes clásicos del género: naturaleza hostil, indios feroces y astutos, blancos procedentes del Este, luchas por la tierra y el oro, un protagonista cuya figura prevalece, y hasta esa dosis de inverosimilitud que permite la evasión. Acaso falte el romance amoroso[20].

---

[20] Carlos Lacalle, pág. 11.

II

Para nuestras empresas de América no fue necesario cambiar nada y los conquistadores, en cuanto hombres de armas, fueron legítimos guerrilleros, lo mismo los más bajos que los más altos, sin exceptuar Hernán Cortés (*Idearium Español,* Ángel Ganivet).

EL ELEMENTO FABULOSO O DIFÍCIL DE CREER

Si Álvar Núñez fue un poco exagerado a la hora de dar descripciones o de narrar sus aventuras, todo valga por poder disponer hoy de sus *Naufragios.* De otro forma, su obra se reduciría a una simple acumulación de datos sin ningún valor más que el puramente testimonial. Y sin embargo, esta obra posee una serie de elementos novelescos que la hacen digna de ser una de las narraciones más entretenidas del Nuevo Mundo. Álvar Núñez en la dedicatoria de la edición de 1542, en cierta forma previene, «el que avisa no es traidor», de los supuestos elementos fantásticos que en ella se contienen.

> (...) y juntamente traerlos a conocimiento de la verdadera fe y verdadero señor y servicio de vuestra majestad. Lo cual yo escribí con tanta certinidad/ que aunque en ella se lean algunas cosas muy nuevas y para algunos muy difíciles de creer/ pueden sin duda creellas: y creer por muy cierto que *antes soy en todo más corto que largo:* y bastará para esto aver lo yo offrescido a vuestra majestad por tal: A la qual supli-

25

co resciba en nombre de servicio: pues este todo es el que un hombre que salió desnudo pudo sacar consigo[21].

Cabeza de Vaca sabía perfectamente que si Cortés había hablado de ciudades más grandes que cualquiera de las españolas y de riquezas nunca antes vistas, no le costaría mucho trabajo al monarca admitir otra pequeña dosis de elementos fantásticos y sobrenaturales. «Que aunque en ella se lean cosas muy nuevas y para algunos muy difíciles de creer, pueden sin duda creellas»[22]: ¿Fue Cortés un modelo para Cabeza de Vaca a la hora de escribir su dedicatoria al rey? Véase la semejanza de las líneas anteriores con la «segunda carta de relación» de Cortés.

> (...) más como pudiere diré algunas cosas de las que vi, que aunque mal dichas, bien sé que serán de tanta admiración, que no se podrán creer, porque los de acá con nuestros propios ojos las vemos, no las podemos con el entendimiento comprender. Pero puede V. M. ser cierto que si alguna falta en mi relación hobiere, que será *antes por corto que por largo,* así en esto como en todo lo demás de que diere cuenta á V. A., porque me pareció justo á mi príncipe y señor decir muy claramente la verdad, sin interponer cosas que las disminuyan ni acrecienten[23].

A falta de factores económicos que llamasen la atención, a pesar de nombrarse el oro en unas cuantas ocasiones, el autor de los *Naufragios* tiene que recurrir a elementos sustitutivos que mantengan el interés de quien va a leer la obra: la conversión de los indios por un lado —de ahí su función apostólica— y la descripción pormenorizada de gentes y territorios por otro. Todo ello hecho con tal preci-

---

[21] Dedicatoria de Álvar Núñez al emperador Carlos V, en la edición de 1542.
[22] Dedicatoria...
[23] Hernán Cortés, pág. 102.

sión, que es difícil creer en la exactitud de datos, nombres, fechas, cantidades, distancias e incluso número de lenguas —seis— de las que se hace sabedor. Todo esto claro está, con la única ayuda de su admirable memoria. A pesar de todo, Cabeza de Vaca no es el único en dirigirse al monarca con el propósito de hacerle creer todo cuanto se le relata. El mismo Cortés, una vez más, utiliza una dialéctica parecida en la descripción de las riquezas del pueblo azteca.

> (...) las cuales, demás de su valor, eran tales y tan maravillosas, que consideradas por su novedad y extrañeza, no tenían precio, *ni es de creer* que alguno de todos los príncipes del mundo de quien se tiene noticia las pudiese tener por tales y de tal calidad. Y no le parezca a V. A. fabuloso lo que digo, pues es verdad que todas las cosas criadas así en la tierra como en el mar, de que el dicho Muteczuma pudiese tener conocimiento, tenía contrahechas muy al natural, así de oro y plata como de pedrería y de plumas, en tanta perfección que así ellas mismas se parecían[24].

El elemento fabuloso o «difícil de creer» no es por tanto, patrimonio único de las novelas de caballería sino que se atiene perfectamente a las primeras descripciones y características de las culturas descubiertas. Claro está que la cantidad de fábula puede variar según los casos. Así se puede encontrar desde una moderada exageración hasta una flagrante mentira. Todo según sea el alcance de la empresa llevada a cabo. Sería absurdo querer comparar las acciones de un Cortés, rebelde, con unas imcomparables dotes políticas y diplomáticas y de un valor a toda prueba, que no solamente es capaz de conquistar el imperio más importante de Norteamérica con un puñado de hombres, sino que además derrota a los propios españoles cuando estos intentan apresarle, con el superviviente de una expedición que lo

---

[24] Hernán Cortés, págs. 100-101.

único que trajo fueron noticias confusas sobre los indios y riquezas de los territorios por donde anduvo. La información dada por Cabeza de Vaca sobre estos territorios fue lo que motivó las expediciones de fray Marcos de Niza primero y de Francisco Vázquez de Coronado posteriormente, quienes no encontraron más que pobreza y desilusión al presenciar cuan diferentes eran estos territorios de como se los habían descrito.

LOS HABITANTES DEL NUEVO MUNDO

Existe un factor en el que por las polémicas que ha suscitado y suscita, vale la pena detenerse. Me refiero a la objetividad con que son presentados los habitantes del Nuevo Mundo. Gracias a Cabeza de Vaca —entre otros— hoy se puede asimilar más de cerca una realidad muchas veces falseada o exagerada por motivos e intereses político-económicos en algunos casos y literarios en otros. Todo lo que supuso el descubrimiento, conquista y evangelización de América, ha sido rodeado muchas veces de una aureola negativa de excesiva crueldad, de abuso de los aborígenes del recién descubierto continente, conocidos desde un primer momento con el nombre de «indios». Fantástica propaganda en contra de los intereses de la Corona española, creada, no cabe duda alguna, por los enemigos de la España del siglo XVI que tenían también puestos sus ojos en el Nuevo Mundo. Esto es, Inglaterra, Francia y Holanda, además de algunos frailes españoles que aprovecharon la coyuntura moral e ideológica en que se encontraba el país para hacer de esto una punta de lanza de sus propios principios y ganancias. Por otra parte, es cierto, y sería absurdo pensar lo contrario, hubo desmanes y atropellos en los primeros contactos entre el Viejo y el Nuevo Mundo, pero no es menos cierto que desde un primer momento, esto es principios del siglo XVI, ya existían las «Leyes de Burgos» (1512), donde se puede apreciar cómo un consejo de teólogos y hombres doctos de la época pudo establecer en treinta y cinco artículos lo que sería más tarde la legislación indiana. Algunos de estos artículos llaman la atención por su «flexibilidad» si se tiene en cuenta la época en que fueron creados. También son conocidos los renovados esfuerzos de la Corona por efectuar matrimonios interraciales. «En 1514 Fernando prohibió cualquier discriminación respecto a los españoles que tomasen esposas nativas, y al año siguiente repetía que los blancos y los indígenas eran libres de casarse con quienes les placiera»[25]. Por otro lado el hecho de que la mayor parte de los indios muriese a consecuencia de epidemias y no de muertes violentas —que las hubo— hace que en cierta forma la «conquista española» no haya sido tan cruel como se la ha querido pintar, y que en muchos casos supere en «calor humano», identificación y respeto por el indígena a otras posteriores ocupaciones europeas del continente americano.

Son sintomáticos los títulos con que se publican algunos libros en aquella época. Las Casas, por ejemplo, escribe su *Brevísima relación de la destrucción de las Indias,* y uno de los más grandes adversarios de Las Casas, Juan Ginés de Sepúlveda, tituló uno de sus trabajos *Tratado sobre las justas causas de la guerra contra los indios.* Dos polos opuestos en el planteamiento del trato que se les debe dar a los indios. Si bien es cierto que este tipo de controversias y disputas agilizaron enormemente la creación de un aparato legislativo que protegiese al indio como «ser humano», también lo es que la esclavitud en España —sobre todo la de individuos capturados en la guerra— estaba todavía vigente[26].

En cuanto a los esclavos, Antonio Domínguez Ortiz estima su número en 100.000 individuos a fines del siglo XVI

---

[25] Lesley Byrd Simpson, *Los conquistadores y el indio americano,* Barcelona, Península, 1970, págs. 51-52.
[26] Lesley Byrd Simpson, pág. 38.

(momento culminante de la esclavitud en el país), la mitad de ellos en Andalucía y el resto en las regiones de Levante y del Centro —sobre todo en las cortes de Madrid y Valladolid— y en Galicia. Solo Vasconia estaba libre de esclavos. El precio corriente de estos oscilaba entonces alrededor de los cien ducados[27].

Una vez hechos estos planteamientos sobre el tratamiento que se debe dar a los habitantes del Nuevo Mundo, se opta por la premisa inicial, que no es otra que la de convertirlos lo más pronto posible a la religión cristiana, única forma posible de poner a salvo sus existencias —en el otro mundo se entiende.

Cualquier oposición a esta premisa iría en contra de la política universalista concebida por los Reyes Católicos. Al fin y al cabo uno de los fines de la conquista de América era poder sufragar los gastos de una nueva cruzada en Tierra Santa.

> Fernando aspiró a lograr entre los príncipes cristianos una paz general que hiciera posible un esfuerzo mancomunado contra los infieles. Pensó en conquistar Alejandría... Con ello Italia y todas las costas del Mediterráneo occidental quedarían a cubierto de posibles ataques turcos. Por otra parte los moros de África se verían privados de una posible ayuda otomana[28].

Vistos los aspectos generales de la forma de concebir la realidad por parte de los europeos del siglo XVI, existe un factor clave para comprender todo el proceso formulado anteriormente: todavía hoy existe una tendencia a considerar al habitante del Nuevo Mundo, como un ser homogéneo, conocido desde el Estrecho de Bering hasta el Cabo de Hornos con el nombre de «indio». Esta visión un tanto

---

[27] Ubieto/Reglá/Jover/Seco, pág. 324.
[28] Ubieto/Reglá/Jover/Seco, pág. 295.

superficial y paternalista de un mundo poblado por seres «buenos por naturaleza», «no contaminados», es un tanto absurda. Quienes mejor dan noticia de esta afirmación son precisamente aquellos europeos que han vivido «por dentro» la experiencia indígena. ¿Quién mejor que un Cabeza de Vaca, para contarnos cómo son realmente estos hombres? El querer presentar el mundo recién descubierto como una feliz Arcadia, donde los indígenas juegan a pastores, resulta algo inverosímil. Un indio seminola de la Florida, se parecía tanto a un guaraní como un andaluz a un finlandés. Existen indios buenos y malos, tontos e inteligentes, ni más ni menos que los europeos, cada uno adaptado a su propio medio. Se sabe por los mismos cronistas que existieron guerras entre diferentes grupos de indios, con castigos que nada tenían que envidiar a los europeos, y que muchas de estas tribus tenían esclavos. Álvar Núñez lo fue por varios años. «Todas estas gentes, cuando no son de una familia, se matan de noche por asechanzas y usan unos con otros grandes crueldades»[29]. Pero lo más importante de esta visión del indio es el no limitarse a un punto de vista maniqueo ya que son tantas las descripciones a favor como en contra. «Es la gente del mundo que más aman a sus hijos y mejor tratamiento les hacen», y sin embargo, una páginas más adelante, Álvar Núñez hace mención de otros que «aunque estando sirviéndoles fueron tan maltratados de ellos [de los indios] como nunca esclavos ni hombres de ninguna suerte lo fueron». Unos son «grandes y bien dispuestos», otros «mienten mucho y son grandes borrachos». Este tipo de citas aparecen continuamente en los *Naufragios,* lo que da a entender que nos estamos refiriendo a seres con las mismas virtudes y defectos que sus visitantes europeos. Se puede decir que el espíritu de Cabeza de Vaca está libre de prejuicios —al menos en apariencia— ya que

---

[29] Cabeza de Vaca, Cap. XXIV.

ni siquiera titubea a la hora de anteponer cualidades y virtudes de los indios frente a las de sus propios compatriotas. Esta objetividad de la que hace gala Álvar Núñez, ya sea de manera consciente o inconsciente, proporciona una imparcialidad raramente alcanzada por un hombre de su tiempo, aunque a la vez tiene un fin práctico en el desarrollo de su obra. Son varios los ejemplos que van a aparecer en la literatura de la época, unos presentando al indio como un ser «delicado» y «tierno» —Las Casas— y otros como una fuerza de la naturaleza. Véase esta octava de Ercilla:

> Son de gestos robustos, desbarbados,
> bien formados los cuerpos y crecidos,
> espaldas grandes, pechos levantados,
> recios miembros de nervios bien fornidos,
> ágiles, desenvueltos, alentados,
> animosos, valientes, atrevidos,
> duros en el trabajo y sufridores
> de fríos mortales, hambres y calores[30].

No cabe duda que tanto Las Casas como Ercilla se están refiriendo a seres muy diferentes. La exageración por una y otra parte motivó y desgraciadamente motiva, que todavía no exista una definición del todo clara del elemento indígena en el continente. Sería injusto no mencionar nombres como los de Sahagún, Anchieta (que escribió la mayor parte de su obra en portugués) o fray Toribio de Benavente, más conocido con el nombre de *Motolinía,* uno de los primeros evangelizadores de la Nueva España que conoció después de cuarenta años de constante esfuerzo la lengua y las costumbres de aquellos indios entre los que ejerció su labor de misionero. «Fue su declarado propósito transmitir

---

[30] Alonso de Ercilla, *La Araucana,* México, Espasa Calpe, Colección Austral, 1978, pág. 32.

un testimonio de primera mano, una imagen objetiva... más que emitir juicios y formular opiniones, atestigua hechos y nos da el criterio para valorar su propio testimonio...»[31]. Él es el autor de una de las descripciones más grotescas, realistas y siniestras de las que se encuentran en las Crónicas de la Nueva España:

> Con aquel cruel navajón, como el pecho estaba tan tieso, con mucha fuerza abrían al desventurado y de presto sacábanle el corazón, y el oficial de esta maldad daba con el corazón encima del umbral del altar de parte de afuera, y allí dejaba hecha una mancha de sangre; y caído el corazón se estaba un poco bullendo en la tierra, y luego poníanlo en una escudilla enfrente del altar. Otras veces untaban los labios de los ídolos con la sangre. Los corazones a las veces los comían los ministros viejos; otras los enterraban, y luego tomaban el cuerpo y echábanlo por las gradas abajo a rodar (...) y nadie piense que ninguno de los que sacrificaban matándoles y sacándoles el corazón o cualquier otra muerte, que era su propia voluntad, sino por fuerza, y sintiendo muy sentida la muerte y no sin espantoso dolor... De aquellos que sacrificaban desollaban algunos (...) y vestían aquellos cueros que por las espaldas y encima de los hombros, dejaban abiertos, y vestido lo más justo que podían, como quien viste jubón y calzas, bailaban con aquel cruel y espantoso vestido[32].

Sería injusto querer calificar a estos misioneros de «tiranos» instrumentos de una institución reaccionaria y decadente.

> Cuando se habla de inquisición se tiende a creer que fue una idea o invento español, cuando en realidad fue un fenómeno universal que nació sin que ningún español tuvie-

---

[31] Luis Nicolau D'Olwer, *Cronistas de las culturas precolombinas,* México, Fondo de Cultura Económica, 1981, pág. 214.
[32] Luis Nicolau D'Olwer, pág. 221.

ra arte ni parte en ella. La idea fue de Federico II (Hohenstaufen), que en su búsqueda de un método efectivo para combatir la herejía de los albigenses, encontró la norma en el Derecho Romano, Lex Maiestatis (ley concerniente a los delitos de lesa majestad). Es así que, en un momento de sus buenas relaciones con la iglesia Católica, Federico pensó que el trabajo de inquirir lo debían hacer los obispos, Gregorio IX organizó en 1223 la inquisición pontificia[33].

No se debe de olvidar el examen de conciencia por el que tendrá que pasar la iglesia católica durante el siglo XVI. Erasmo, y más tarde otros, pondrán en tela de juicio muchos de los dogmas tenidos hasta entonces por inmutables. Estos padres fueron hombres de su tiempo, desempeñando la misión que les fue encomendada a «las mil maravillas». Mucho menos se sabría hoy del elemento indígena si no fuera por la infatigable labor de estos hombres. Es sintomático que todavía hoy exista desconfianza y recelo a la hora de aceptar un pasado colonial, existiendo hasta la fecha algunos países de Hispanoamérica donde difícilmente se puedan encontrar calles dedicadas a protagonistas de la conquista, teniendo por el contrario destinados la mayoría de estos nombres a representantes del mundo indígena. Como puntualiza Isabel Ezcurra Semblat en su obra *La conquista española en Indias: realidad y valor*. «Debemos asumir el hecho histórico de que nosotros somos un producto de la fusión de España con el nuevo mundo, y que es en España donde están las raíces de nuestro perfil espiritual»[34].

---

[33] Isabel Ezcurra Semblat, *La conquista española en Indias: realidad y valor*, Montevideo, Editorial Don Bosco, 1979, pág. 88.

[34] Isabel Ezcurra Semblat, pág. 9.

III

> Los grandes jefes pasan inadvertidos para el pueblo;
> los menos grandes son adulados y requeridos; los menos
> aún temidos, y los pequeños, despreciados. Donde no
> hay fe, nada puede ser alcanzado por la fe y entonces se
> recurre a las palabras *(Tao Te Ching,* Lao Tsé).

LAS «NOVELAS DE NAUFRAGIOS» COMO GÉNERO LITERARIO

Había en efecto, un interés en la época por este tipo de narraciones.

Toda una série de reportagens se escreveram para um público interesado nos desastres e aventuras da navegação, e foram publicadas em folhetos de cordel. Em certas situações, são apresentadas como testemunhos de casos conmoventes e impressionanres, o mais célebre dos quais também foi relatado por Camões n'*Os Lusíadas* e por un poeta narrativo chamado Jerónimo Corte Real. Estos folhetos de cordel foram mais tarde coleccionados na *Historia Trágico-Marítima* por Bernardo de Brito (1735-1736)[35].

Los portugueses que en cierta forma se adelantan algunos años a los castellanos en las exploraciones marítimas,

---

[35] Antonio José Saraiva, *Iniciação na Literatura Portuguesa,* Mem Martins (Sintra), Publicações Europa-América, 1984, pág. 73.

comparten con su vecino ibérico la misma fiebre y ansia de aventuras. Es la simbiosis de una cultura renacentista pujante, con una realidad tan cercana a lo «maravilloso» lo que hace que se conjuguen en una sola obra la imaginación y la propia experiencia.

> Assim nasccu um género literário muito característico —as relações de naufrágios, raras vezes cuidadas quanto ao estilo, mas sempre admiráveis pelo realismo das descripções, onde surgem, retratadas em plena luz, as almas que o horror da situação despia de todo o disfarce: a par do egoísmo humano, na variada série dos seus cambiantes—, ¡quantos emocionantes rasgos da mais sublime abnegação![36].

En el largo poema de Camoens, se va aún más lejos. Quizá el realismo más importante a lo largo de su obra sea el referente a las descripciones históricas, en particular en las que se presenta a la nación portuguesa. Existe por tanto una preocupación constante de dejar fielmente reflejadas las hazañas y proezas de la raza lusitana. Simultáneamente se dice en el texto que todo lo que aparece son experiencias vividas. Sin embargo, Camoens mezcla deliberadamente la verdad histórica con la mitología clásica, empezando por el supuesto origen del viaje: un sueño de don Manuel en el que se le aparecían varias partes de la India —el Ganges, el Indo. Baco, el dios del vino intenta conseguir que fracase la empresa del navegante portugués, pero este como tiene el apoyo de Venus que le defiende de cuantas asechanzas le preparan sus enemigos, consigue salir del peligro.

Estos dos recursos artísticos, como se puede apreciar, se conjugan perfectamente constituyendo un panorama estético capaz de cautivar al lector de su tiempo acostumbrado a leyendas y fábulas, novelas de viajes y libros de caballería:

---

[36] Bernardo Gomes de Brito, *Historia Trágico-Marítima,* Oporto, Barcelos, Companhia Editora do Minho, 1942, pág. 7.

la estética mitológica frente al realismo conciso y fiel de hechos y lugares concretos. La influencia de la poesía épica de Homero y Virgilio, es indudable en la obra de Camoens. En un caso como en otro son un modelo a seguir, para Camoens, y para todos los escritores de aquel siglo —escritores de lenguas clásicas. Se llega por tanto a la disyuntiva de elegir un estilo propio y característico del pueblo al que se pertenece —España, Portugal— o el de seguir los moldes impuestos por escritores italianizantes. Camoens encuentra hasta cierto punto la solución: utiliza a los dioses sin darles el relieve que cobrarían en un texto clásico, pero los usa para recrear su relato dándole así la belleza necesaria. Por eso, en un verso del último canto de *Os Lusíadas,* dice: «So para fazer versos deleitosos / Servimos...»[37]. Son los dioses por tanto un medio para embellecer los versos y no un fin para testimoniar la veracidad de los hechos. Todo esto, para resaltar una vez más que el hecho de dar una base puramente testimonial a cualquier obra literaria es limitarla, y es precisamente esto lo que ocurre con *Os Lusíadas.* Esta obra dedicada al rey don Sebastián, exalta en primer término la epopeya marítima del pueblo portugués. El hecho de que la obra contenga a su vez una gran coherencia histórica da más solidez a toda la narración y la aleja de lo que se pudiese considerar una «novela de caballerías», esto es, una novela donde la ficción estuviese por encima de la realidad. Sería casi imposible encontrar una sola crónica de viajes de los siglos XVI y XVII, que no contuviese en alguna medida cierta dosis de leyenda, de situaciones sobrenaturales, ya fuese dentro de un marco pagano o cristiano. Esta situación no debe extrañar y menos aún en sociedades como la portuguesa o la española donde aquello que no se comprendía por la lógica o la razón era rápidamente atri-

---

[37] Luis de Camoens, *Os Lusíadas,* Canto X, 82, Lisboa, Minerva, 1972.

buido a un misterio divino. La transición a una mentalidad más centrada en el hombre como eje de su destino, complementa el abanico de posibilidades de interpretación de sus hechos y es aquí donde aparece un elemento pagano nuevo: «La Fortuna».

No existe tensión entre el propósito histórico y el propósito literario. El conocimiento personal que el autor tiene de la obra fortalece la posible veracidad de muchos de los acontecimientos citados, en otras palabras, amplía la dimensión literaria y estética de la obra y no al contrario. Algunos eruditos han querido comprobar «paso a paso» la autenticidad del viaje de Vasco de Gama narrado en *Os Lusíadas*. A tal efecto aparecen preguntas como las de querer saber si las medidas de longitud y latitud de un respectivo lugar —Cabo Verde, Madeira, Canarias, etc.— realmente corresponden con las distancias reales, o si a la izquierda de tal isla se encuentra tal otra, y cosas por el estilo[38]. El profesor Rodrigues compara todas las referencias posibles de los cronistas del viaje de Vasco de Gama —João de Barros, Castanheda— para ver hasta qué punto son ciertas las afirmaciones del gran poeta portugués. Si Camoens —Cabeza de Vaca, Ercilla, Andrés Laguna— no era un cronista, con qué fin hay que poner a prueba cada una de sus afirmaciones. La respuesta más lógica, en el caso de Camoens, es la de pensar que existía y existe una necesidad real de identificación con los hechos y las heroicidades que aparecen en el poema. Cada nación necesita su epopeya, muchas veces adobada al gusto de los intereses determinados de un pueblo y de su historia. El autor conoce su público, por tanto si el público pide héroes le dará héroes, si el público pide oro y aventuras, el autor hará lo máximo posible por complacerle. Llega un momento, y así pasa en

---

[38] José Maria Rodrigues, *Vasco de Gama en «Os Lusíadas»*, Coimbra, Editorial Coimbra, 1929, pág. 9.

los *Naufragios,* en que no se sabe si el autor se está recreando en una obra hecha de memoria, quitando aquí poniendo allá, o si está presentando los hechos como crudamente pasaron. «Cien, doscientos años más tarde no encontramos testigos de ninguna historia, dependemos únicamente de la palabra escrita que no sabemos si se trata de fábulas o de historias verdaderas»[39]. Ficción y realidad se confunden en una misma cosa especialmente en el siglo XVI, donde lo fantástico de los Libros de Caballería no se diferenciaba mucho de lo que estaba aconteciendo en el Nuevo Mundo. El hombre europeo se encontró con situaciones que ni remotamente podía sospechar. De ahí que parece carente de fundamento acusar a estos escritores de no ajustarse a los patrones de verosimilitud, válidos en una sociedad como la nuestra pero no como la de su tiempo. Si los fenicios o los cartagineses estuvieron antes que los portugueses en las islas de Madeira, eso no «compromete» —como quiere hacer creer el profesor Rodrigues— al gran poeta portugués. Dice el profesor Rodrigues: «Por veces Camões adopta sobre o mesmo punto opiniones divergentes, que por mais se conforman con os seus intuitos de momento, que para mostrar que as conhece»[40]. Una y otra vez se le acusa al genial poeta de no ser fiel cronista de la travesía de Vasco de Gama. No hace falta tampoco llegar al extremo de Gautier: «Sólo es verdaderamente bello lo que no puede servir para nada; todo lo útil es feo, porque es la expresión de alguna necesidad, y las necesidades del hombre son innobles. El lugar más útil de una casa es el retrete»[41]. Un equilibrio entre realidad y ficción parece ser la fórmula más acorde entre los testimonios de los navegantes que sin ser «literatos» se vieron en la encrucijada de escribir su «odisea» personal.

---

[39] Augusto Roa Bastos, *Yo el Supremo,* México, Siglo XXI Editores, 1977, pág. 78.
[40] José Maria Rodrigues, pág. 20.
[41] Antonio José Saraiva, pág. 50.

Uno de los poemas épicos más importantes de la literatura castellana de esta época fue *La Araucana,* de Alonso de Ercilla y Zúñiga, publicada solo tres años antes que *Os Lusíadas.* Son muchas las similitudes entre las dos obras, incluso se la ha criticado por lo mismo. Ercilla es acusado de seguir el modelo del poeta italiano Ariosto: «Hasta en lo más accesorio se nota esta influencia perenne: empiezan los cánticos del poema como él, con reflexiones morales, y termina asimismo, diciendo que se halla fatigado»[42]. Se le acusa además al poema de Ercilla de ser un poema épico e histórico a la vez, por el uso que hace, por ejemplo, de la nomenclatura de la mitología clásica —Fortuna, Venus, Titono, Faetón, Cíclopes, Anteo, etc. Pero el constante intercambio entre elementos reales y legendarios obedece al establecimiento de un orden estético sin el cual muchos de los pasajes no tendrían más interés que el puramente histórico. Como se ve las razones para haber escrito estas obras de fuerte carácter testimonial pueden ser muy variadas.

Sería injusto considerar únicamente como recopiladores a estos narradores. Al mismo tiempo sería igualmente injusto querer quitar todo el valor testimonial de sus viajes adjudicándoselo exclusivamente al poder de las musas. En suma aparece un equilibrio manifiesto entre la capacidad creativa del escritor con la veracidad de los hechos. Por tanto siempre surgirán críticas por ambos lados, siempre habrá quien califique estas obras de «narrativas históricas» o de «narrativas fabulosas». Poner en una balanza todas las razones que motivaron a escribir a estos «hidalgos» no sería tarea fácil. Acaso la respuesta más objetiva sea la de querer construir un relato que les aportara los favores del monarca y todo lo que conlleva estar cerca de la Corte. Para ello era necesario, casi forzoso, deleitar, informar y enorgullecer a

---

[42] Alonso de Ercilla, pág. 19.

todos aquellos que fuesen a tener acceso a la obra, acerca de las privilegiadas virtudes de su autor, no ya como escritor, sino como conquistador o explorador, o de aquello que estuviese en el punto de mira del que narró la obra, casi siempre relacionado con la expansión territorial o marítima del Imperio.

IV

> Sin su sacrificio, Jesús hubiera sido un moralista más, y sin el sacrificio de los mártires el cristianismo hubiera sido una moral más, agregada a las muchas que han existido y existen sin ejercer visible influencia (*Idearium Español*, Ángel Ganivet).

EL NUEVO MESÍAS

En Cabeza de Vaca tenemos, por un lado, un ser de carne y hueso que es capaz de «vender su alma al diablo» por «un plato de lentejas», y por otro, a un hombre que va predicando la moral cristiana a aquellos con los que se tropieza. Es capaz de poner en boca de los indios y para su autoalabanza las cualidades de los hombres de su expedición, frente a los defectos y atropellos cometidos por otros de sus compatriotas.

> (...) antes unos con otros entre sí platicaban, diciendo que los cristianos mentían, porque nosotros veníamos de donde salía el Sol, y ellos donde se pone; y que nosotros sanábamos los enfermos y ellos mataban los que estaban sanos; y que nosotros veníamos desnudos y descalzos, y ellos vestidos y en caballos y con lanzas; y que nosotros no teníamos cobdicia de ninguna cosa, antes todo cuanto nos daban tornábamos luego a dar, y con nada nos quedábamos, y los otros no tenían otro fin sino robar todo cuanto hallaban, y nunca daban nada a nadie; y de esta manera relata-

ban todas nuestras cosas y las encarecían, por el contrario de los otros[43].

En el evangelio según San Juan aparece la misma idea, las palabras de Jesucristo, parecen haber sido reelaboradas para ensalzar al máximo nivel a los supervivientes de la expedición de Narváez.

> Y cuando ha hecho salir sus propias ovejas, va delante de ellas, y las ovejas le siguen, porque conocen su voz. Mas a un extraño no le siguen, sino que huyen de él, porque no conocen la voz de los extraños (...) Todos los que hasta ahora han venido son ladrones y salteadores, y así las ovejas no los han escuchado... El ladrón no viene sino para robar y matar, y hacer estrago. Mas Yo he venido para que las ovejas tengan vida, y la tengan en más abundancia. Yo soy el buen pastor (Juan 10, 1-12).

Se considera a sí mismo y a su expedición, capaz de sobrevivir a todo lo imaginable, emulando incluso al mismo Jesucristo: curaban a los enfermos, ya se ha visto cómo; iban desnudos y descalzos, lo normal después de un naufragio y nueve años de «peregrinaje»; no tenían codicia, punto este bastante dudoso, ya que lo primero que hace Álvar Núñez nada más llegar a la Corte es pedir el privilegio de ir de Adelantado a la Florida. (Este título se le había otorgado ya a Hernando de Soto, que le ofrece por su parte ir con él en la expedición, cosa que Álvar Núñez no acepta por no ser él quien iba a tener el mando). Quizá el mejor ejemplo en el que pueda evidenciarse su comparación con la figura de Cristo sea el que aparece en el capítulo XXII. En este episodio Álvar Núñez relata, ni más ni menos, cómo resucita a un muerto. Las propiedades milagrosas de este buen hidalgo son francamente alucinantes. Todo ello

---

[43] Cabeza de Vaca, Cap. XXXIV.

narrado con una parsimonia y candidez tal que parece que fuera cosa de todos los días; además, por si hubiese alguna duda, pone a su compañero Dorantes como testigo.

> (...) yo vi el enfermo que íbamos a curar que estaba muerto, porque estaba mucha gente al derredor de él llorando y su casa deshecha que es señal que el dueño estaba muerto; y ansí cuando yo llegué hallé el indio los ojos vueltos y sin ningún pulso, y con todas las señales de muerto, según a mí me paresció y lo mismo dijo Dorantes. Yo le quité una estera que tenía encima, con que estaba cubierto, y lo mejor que pude apliqué a nuestro Señor fuese servido de dar salud a aquel y a todos los otros que de ella tenían necesidad (...) y a la noche se volvieron a sus casas, y dijeron que aquél que estaba muerto y yo había curado en presencia de ellos, se había levantado bueno y se había paseado, y comido, y hablado con ellos, y que todos cuantos había curado quedaban sanos y muy alegres[44].

La verdad es que solo le falta caminar sobre las aguas y multiplicar los panes y los peces. Recuérdense estas palabras de Jesucristo antes de resucitar a Lázaro: «Yo soy la resurrección y la vida; quien cree en Mí, aunque hubiere muerto vivirá, y todo aquel que vive, y cree en Mí, no morirá para siempre» (Juan 11, 10-26). Pero las semejanzas no acaban ahí. El resultado de la curación de Álvar Núñez —al menos en su obra— tiene repercusiones casi idénticas a las de Jesús. Véanse las palabras del evangelio:

> Con esto quedaron todos penetrados de un santo temor, y glorificaban a Dios diciendo: Un gran profeta ha aparecido entre nosotros, y Dios ha visitado a su pueblo. Y esparcióse la fama de este milagro por toda Judea y por todas las regiones circunvecinas (Lucas 7, 15-24).

---

[44] Cabeza de Vaca, Cap. XXII.

Compárense ahora con las palabras de Álvar Núñez:

> Esto causó muy gran admiración y espanto, y en toda la tierra no se hablaba en otra cosa. Todos aquellos a quien esta fama llegaba nos venían a buscar para que los curásemos y santiguásemos sus hijos[45].

La conclusión a la que se llega una vez visto este paralelismo, no es otra que la de reforzar la tesis de que Álvar Núñez no escribió simplemente una «relación» o un «diario» de los años que pasó en Norteamérica. Lo que sí hizo —y además muy bien— fue crear una «novela de aventuras» un «Evangelio del Nuevo Mundo» donde él como protagonista tendría tantos atributos como los que pudiera tener el mismísimo Jesucristo[46]. Sin embargo, Jesucristo no escribió su propia obra y Álvar Núñez sí. Indudablemente toda la narración está respaldada con hechos reales como pudiera estarlo la *Chanson de Roland* o *La Araucana*. A pesar de todo son muchos los que creen en los elementos mágicos y milagrosos de la obra y en las facultades «sobrenaturales» de su autor. Pero para creer hace falta «fe» y Álvar Núñez no proporciona la suficiente —a mi juicio— como para creer en sus palabras; por el contrario, sí hay elementos suficientes para «creer» en sus dotes de novelista: en la expectación ante el desenlace de los supervivientes, en la «profecía» de la mora de Hornachos, o en el «fabuloso» cuento de Mala Cosa medio hombre medio monstruo, figura diabólica que «aparescia entre ellos, en hábito de mujer unas veces, y otras como hombre», con fuerza suficiente para «subir» sus casas en alto. En el elaborado desarrollo cronológico de los episodios, en las cajas de mercaderes de Castilla, con hombres muertos en cada una de ellas y cubiertos con pieles de venados, así como en otros episodios

---

[45] Cabeza de Vaca, Cap. XXII.
[46] Véase Robert E. Lewis, págs. 688-689.

que si bien no poseen el carácter «extraordinario» de estos, contienen una buena dosis de ficción[47]. La conclusión del profesor Wagner, no deja de confirmar lo anteriormente dicho.

> On the whole very litle addition to the geographic knowledge of the northern interior was obtained from Cabeza de Vaca's accounts of his wanderings in the form they are know. Today they present more the aspect of romance than of historical fact[48].

Sería un error por otra parte pensar que los *Naufragios* de Álvar Núñez, son una obra aislada de un ser que miente con «premeditación y alevosía». Su obra corresponde como se vio anteriormente, a un género común de literatura de la época, de tipo autobiográfico, donde los viajes, naufragios y aventuras de todo tipo están a la orden del día.

---

[47] Véase David Lagmanovich, pág. 33.

[48] En suma poco se podría añadir del conocimiento geográfico de las tierras del norte basándonos en la «Relación» de Cabeza de Vaca y su recorrido en la forma que se conoce. Hoy en día presentan más un aspecto novelesco que un hecho histórico [trad. del ed.], Henry R. Wagner, *The Spanish Southwest, 1542-1794*, Albuquerque, The Quivira Society, 1937, págs. 49-50. Efectivamente, trazar el itinerario de Cabeza de Vaca por tierras americanas basándose en su obra no tiene más valor que el que podamos dar a Don Quijote paseando por tierras de la Mancha. Por mucho carácter «científico» que algunos antropólogos quieran dar a sus trabajos, si Alvar Núñez no está diciendo la verdad, lo único que estarán haciendo es crear «novelas de caballerías», sobre todo cuando el mismo Alvar Núñez reconoce haber estado perdido en varias ocasiones.

V

> Con este humo de la honrilla se alienta el soldado,
> se alimenta el letrado y todos se van tras él. ¿Qué pien-
> sas tú que fueron y son todas las insignias que han in-
> ventado, ya el premio, ya la ambición, para distinguir-
> se de los demás? *(El Criticón,* Baltasar Gracián).

Héroe cristiano

Volviendo a los ejemplos de obras contemporáneas a la de
Cabeza de Vaca, como la de Fernam Mendes Pinto, *Peregrinaçam* o la española de *Viaje de Turquía,* es necesario desta-
car ciertas características comunes. Todas estas obras poseen
un fuerte «contenido» de picaresca y el hecho de ser autobio-
gráficas inclina a pensar que sus autores no se verían privados
de tal cualidad. *El Lazarillo de Tormes* por otra parte es simi-
lar en esa «apariencia de realidad» que su autor hizo derra-
mar en toda la obra. Francisco Rico habla precisamente sobre la «verosimilitud» que presentaba el *Lazarillo* siendo una
obra de ficción, dando nacimiento así a la «novela realista»
en un ámbito ignorado hasta entonces en Europa.

> Era la verdad, no como hecho histórico, sino como in-
> vención coherente con la experiencia, como ficción verosí-
> mil; o era la mentira como si fuera verdad. Era un modo
> de escritura nuevo de raíz: la novela[49].

---

[49] «Francisco Rico analiza el *Lazarillo* en su ingreso en la Academia»,
El País (8 de junio de 1987), págs. 18-19.

En el caso de los *Naufragios* de Álvar Núñez este fenómeno ocurre completamente a la inversa, ya que de un hecho histórico se ha elaborado una «ficción verosímil» totalmente coherente con la experiencia de su autor por tierras americanas.

> Los lectores del siglo XVI, no estaban acostumbrados a buscar verosimilitud en un texto reconocido como ficticio, y si se hubieran dado cuenta fácilmente de que el *Lazarillo* no era verdadero, se habrían limitado a gustar de las aventuras de Lázaro y no habrían prestado ninguna atención a lo que el escritor había cuidado con destreza y tan innovador resultaba en la literatura occidental: la absoluta apariencia de realidad[50].

Beatriz Pastor en su ensayo *Discurso Narrativo de la Conquista de América*[51], menciona «con infinita cautela» el elemento del hambre como «impulsor de la acción», en los *Naufragios* y su posterior relación con la novela picaresca.

> Esta exposición «novelesca» del relato se complementa estructuralmente con la presencia de dos motivos fundamentales que parecen sustituir a cualquier otra forma de causalidad interna del relato. Se trata del hambre y de la necesidad, cuya importancia como elementos impulsores de la acción y de su desarrollo anticipan, en términos muy generales, la función que estas revestirán dentro de la forma de la novela picaresca[52].

En realidad el elemento picaresco no reside en la narración en sí, pese a existir varios momentos en los que aparece, aunque sin llegar a cobrar un relieve central en ningún

---

[50] Francisco Rico, págs. 18-19.
[51] Beatriz Pastor, *Discurso narrativo de la Conquista de América,* La Habana, Editorial Casa de las Américas, 1983, pág. 329.
[52] Beatriz Pastor, pág. 329.

momento, sino en el propio autor. Parece existir una tendencia a aceptar pasivamente toda o casi toda la información que Álvar Núñez presenta en su obra. El querer hacer un análisis de los *Naufragios* como «un discurso narrativo del fracaso» es limitar la obra enormemente. En primer lugar Álvar Núñez no desmitifica la figura del conquistador por encontrarse casi desnudo durante la mayor parte de su recorrido, ya que es esta precisamente la forma en la que crea su propio mito, ni tampoco la realidad americana del indígena cambia por la información que se presenta en su obra. No se puede considerar «monstruosidad en la percepción del hombre americano» la visión de Ginés de Sepúlveda o de Colón, y poner a Las Casas o a Cabeza de Vaca como ejemplo en el tratamiento de los indios. Tanto unos como otros respondían a la forma de pensar de su tiempo, y si hacía solo algunos años que se había descubierto la redondez de la Tierra y que esta no era el centro del Universo, difícilmente podrá exigirse en una sociedad donde la esclavitud todavía estaba aceptada, que se coloque automáticamente al hombre del Nuevo Mundo en el mismo nivel que a sus conquistadores. No porque no fuesen tan personas como ellos, sino porque ni siquiera en la misma España existía esa igualdad. Además el hecho de haberse expulsado hacía muy pocos años a ciudadanos judíos y árabes tan legítimamente españoles como los cristianos simplemente por no compartir la misma religión, lo demuestra. Si todavía hoy son varios los países que se podrían calificar de racistas, ¿cómo podemos calificar de «monstruos» a aquellos que ya desde el año 1512 tenían leyes para la protección de los indios? ¿Estaba más justificada una «guerra santa» por tierras de Jerusalem para defender la fe católica? A este respecto Beatriz Pastor afirma:

> La presentación desmitificadora que hace Álvar Núñez del hombre americano en su relación de *Los Naufragios* entronca directamente con esta corriente de pensamiento

crítico que encarna Bartolomé de Las Casas. Las implicaciones políticas e ideológicas de la experiencia de Álvar Núñez que aparecía narrada en *Los Naufragios* fueron tan claras que el obispo Zumárraga se referirá públicamente a ella para apoyar su teoría de que debía prohibirse hacer la guerra a los indios[53].

Querer buscar implicaciones políticas o ideológicas en Álvar Núñez Cabeza de Vaca, equivaldría a aceptar punto por punto el testimonio que él nos da en su obra y a buscar un «entronque directo» con Bartolomé de las Casas. El hecho de que Álvar Núñez-protagonista, se haga pasar por mártir y defensor de la causa del indígena no implica que Álvar Núñez-autor lo fuera. Más bien al contrario, ya que el «oportunismo» del autor de los *Naufragios* es manifiesto. La teoría de la «enseñanza pacífica, basada en la persuasión, el respeto a la vida y a la propiedad y el buen tratamiento de los naturales» que promulgaba Las Casas es un tanto ingenua y paternalista ya que ni siquiera se había llevado a la práctica en la propia metrópoli. En cierta forma esta medida tuvo de positivo que se frenasen los abusos del pueblo conquistador, y se ayudase a que el Consejo de Indias tomase cartas en el asunto. Sin embargo, si Ginés de Sepúlveda se apoya en las teorías de Aristóteles para llevar adelante sus premisas en su *Tratado sobre las justas causas de la guerra contra los indios*, Bartolomé de las Casas hará exactamente lo mismo. Las Casas cita una y otra vez a Aristóteles para defender a los indios en su *Apologética Historia de las Indias*. Por otra parte hablar de realismo y objetividad por parte de Las Casas, resulta un tanto absurdo, ya que su misión no era la de ser objetivo, sino la de defender una causa como fuera, y como efectivamente hizo. La imagen que él da del indio americano es parcial y estereotipada.

---

[53] Beatriz Pastor, pág. 325.

En el capítulo XXXIV de su *Apologética* se puede leer lo siguiente en referencia a las cualidades de los hombres del Nuevo Mundo:

> Así que por la disposición y hermosura corporal y por la modestia, vergüenza, honestidad, madureza, composición, mortificación, cordura y los otros actos y movimientos exteriores que en sí y de sí muestran aún desde niños, los cuales les son innatos y naturales, manifiesta cosa es haberles proveído la naturaleza y su Criador dotado naturalmente de aptitud y capacidad de buena razón y buenos entendimientos. Son, pues, las gentes naturales de estas indias, universalmente y por la mayor parte de su natural, por razón de la buena compostura de los miembros, por la conveniencia y proporción de los órganos de los sentidos exteriores, y la hermosura de los gestos o caras y de todo el «vultu», la figura de las cabezas, los meneos y movimientos, etc., naturalmente de buena razón y buenos entendimientos[54].

Está claro el mensaje propagandístico. Las Casas quiere «vender» un producto, para lo cual utiliza únicamente sus cualidades positivas. En otras palabras, exagera.

Álvar Núñez incluso en los últimos capítulos de su narración relata situaciones y características de los indios que encuentra a su paso: «(...) y anduvimos por todas suertes de gentes y de tan diversas lenguas, que no bastaba memoria a poderlas contar, y siempre saqueaban unos a los otros...»[55]. ¿Es esta la imagen y el entronque directo con Las Casas? Poco tiempo después de su regreso a España ya estaba en la Corte intentando conseguir el favor real para una nueva empresa y esta vez bajo su mando. Efectivamente consigue

---

[54] Bartolomé de las Casas, *Apologética Historia de las Indias,* tomo I, ed. de M. Serrano y Sanz, Madrid, Nueva Biblioteca de Autores Españoles Historiadores de Indias, 1909, pág. 89.

[55] Cabeza de Vaca, Cap. XXIX.

la Gobernación y Capitanía General del Río de la Plata, y no precisamente para seguir haciendo de «mártir» sino para sojuzgar a los indios rebeldes e imponer su autoridad frente a sus compatriotas. En las «Capitulaciones» firmadas entre la Corona y él, queda bien clara la condición por la cual se le otorgarán los mencionados privilegios, «en caso que como dicho es, el dicho Juan de Ayolas sea vivo cuando vos llegardes a la dicha provincia no habéis de tener la gobernación de ella ni de las otras...»[56]. El mencionado Juan de Ayolas, era precisamente el que había sido designado como Capitán General por el fallecido Pedro de Mendoza, primer gobernador del Río de la Plata. No obstante, de Juan de Ayolas, como dicen las «Capitulaciones», «se tiene duda si es vivo o muerto». Pero lo más importante de este documento es el hecho de que a Cabeza de Vaca se le mande como «conquistador» con el título de «Adelantado» de las tierras que «conquistara y poblara», así como beneficiario de las rentas de las nuevas tierras que descubriera[57]. Por si quedase alguna duda de la iniciativa de Cabeza de Vaca en esta empresa, él mismo se ofrecerá a gastar «ocho mil ducados en caballos, mantenimientos, vestidos, armas, munición y otras cosas para probeimiento de los dichos españoles y para la conquista y población de las dichas, provincias...»[58]. Por eso hablar de Álvar Núñez, como el desmitificador de la figura del conquistador «por excelencia» es una opinión un tanto arriesgada. Si Cabeza de Vaca se pasea desnudo y tiene relaciones con los indios de «igual a igual» no es por su propio gusto. Hay que inclinarse más a pensar que si él hubiese tenido la oportunidad de ser un «Cortés» o un «Pizarro» no habría dudado un solo momento en aprovecharla. Es más, utilizará su «desnudez» y su «martirio» tan ma-

---

[56] Archivo General de Indias, Indiferente General, Legajo 415, folio 148 y ss.

[57] A.G.I. Indiferente General, Legajo 455, folio 150.

[58] A.G.I. Indiferente General, Legajo 415, folio 149.

gistralmente que será «vestido» con los títulos de Adelantado, Gobernador y Capitán General.

Surgen varias preguntas en relación a la figura de Álvar Núñez, en cuanto a lo que dice y en cuanto a lo que hace. Si bien no pudo llegar a ser un «héroe» en el sentido más amplio de la palabra, ya que su expedición resultó un fracaso y no hubo oportunidad de mostrar su valor y arrojo en ninguna batalla singular, sí pudo crearse la imagen de «héroe» en su dimensión más «cristiana». Álvar Núñez-protagonista, trabaja como un esclavo, sufre como un mártir y siempre tiene a Dios en su pensamiento. Su «arma» es el amor al prójimo y su «amada» los indios a los que cura y protege. Supo hacerse compadecer en su obra hasta el punto de preguntarse el lector cómo pudo mantener la «fe» hasta el último momento. Es la imagen de un «superhombre» capaz de superar con «cristiana resignación» las pruebas más difíciles que puede poner el destino. Álvar Núñez Cabeza de Vaca, creó su propia epopeya en su obra, y con esta imagen ha pasado hasta nuestros días. Y si los tres impulsos fundamentales de la conquista fueron «oro, gloria y evangelio», Álvar Núñez habló primero del evangelio y luego del oro. La «gloria» la ganó después una vez presentada su versión de los hechos. La palabra «Dios» y sus derivados —Señor, Jesucristo, Deus— aparece 86 veces en los 38 capítulos de la obra. La intuición del autor de cómo saber llegar a tocar la sensibilidad de los miembros de la Corte en ese momento es realmente mágica.

La misma «magia» aparece en el episodio del «árbol ardiendo». Para una vez que se pierde solo en toda la narración tuvo la «fantástica» suerte de encontrarse un árbol ardiendo.

> (...) la gente se volvió y yo me quedé solo, y viniendo a buscarlos aquella noche me perdí, y plugo a Dios que hallé un árbol ardiendo, y al fuego de él pasé aquel frío aquella noche, y a la mañana yo me cargué leña y tomé dos tizo-

nes, y volví a buscarlos, y anduve de esta manera cinco días, siempre con mi lumbre y carga de leña, porque si el fuego se me matase en parte donde no tuviese leña, como en muchas panes no la había, tuviese que hacer otros tizones y no me quedase sin lumbre, porque para el frío yo no tenía otro remedio, por andar desnudo como nascí[59].

Las posibilidades de encontrar un árbol ardiendo de manera «natural», no son muchas, aunque siempre exista la posibilidad de que un rayo lo produzca. De cualquier manera destaca la figura del «héroe» en su perseverancia y fe en Dios por conseguir sobrevivir. Es sintomático, sin embargo, que ponga a Dios por medio en cada momento. Creo que esto indica hasta cierto punto falta de escrúpulos religiosos para un hombre de esa época, sobre todo si la información es producto exclusivo de su imaginación. Pero el autor prefiere hacer recaer esta cualidad de «fantasiosos» en los propios indios, «porque toda esta gente de indios son grandes amigos de novelas y muy mentirosos, mayormente donde pretenden algún interés»[60].

La influencia de otras obras, como se vio anteriormente, no ha dejado de incidir en los *Naufragios,* pero no se puede eludir el exquisito cinismo de un personaje opuesto diametralmente al «caballero andante»: el «pícaro andante» que además tiene la osadía de hacerse pasar por «santo».

[59] Cabeza de Vaca, Cap. XXI.
[60] Cabeza de Vaca, Cap. XXIX.

VI

> A los hombres hay que vencerlos o con los hechos
> o con las palabras, o bien exterminarlos... *(El Príncipe,*
> Nicolás Maquiavelo).

PERSONAJE NOVELESCO

Personaje interesantísimo este hidalgo jerezano, capaz de las más insospechadas empresas algunas de un profundo matiz maquiavélico. Podría decirse que en ciertos aspectos su figura presagia el acercamiento al desengaño y desconfianza que en pocos años el barroco traerá a la península.

Uno de los cronistas más representativos de la época el Inca Garcilaso de la Vega, imbuido a su vez de un fuerte espíritu renacentista, no solo por sus traducciones de los clásicos sino por las características novelescas que presenta en su narrativa, da también noticia de Álvar Núñez y de sus *Naufragios* en su obra *La Florida del Inca.* Aunque él no participó personalmente en la expedición de Hernando de Soto a la Florida tuvo noticia de esta por uno de los veteranos que a ella fueron, «aunque Garcilaso guarde discretamente en el misterio el nombre de su comunicante, se le ha podido identificar como Gonzalo Silvestre»[61], Garcilaso en

---

[61] Inca Garcilaso de la Vega, *La Florida del Inca,* edición y notas de Emma Susana Speratti Piñero, México, Fondo de Cultura Económica, 1956, pág. xliv.

su obra, resalta hasta cierto punto lo contradictorio de la actuación de Álvar Núñez y sus compañeros entre los indios de Norteamérica: la vida ejemplar que llevaban entre los indios —como aparece en los *Naufragios* libro en que se basa Garcilaso— y el triste final de estos una vez que deciden ir a España a «pretender nuevas gobernaciones». Refiriéndose a la expedición de Pánfilo de Narváez dice lo siguiente:

> (...) como lo cuenta en sus *Naufragios* Álvar Núñez Cabeza de Vaca que fue con él por tesorero de la Hacienda Real. El cual escapó con otros tres españoles y un negro y, habiéndoles hecho Dios Nuestro Señor tanta merced que llegaron a hacer milagros en su nombre, con los cuales habían cobrado tanta reputación y crédito con los indios que les adoraban por dioses, no quisieran quedarse entre ellos, antes en pudiendo, se salieron a toda priesa de aquella tierra y se vinieron a España a pretender nuevas gobernaciones, y, habiéndolas alcanzado, les sucedieron las cosas de manera que acabaron tristemente, como lo cuenta todo el mismo Álvar Núñez Cabeza de Vaca, el cual murió en Valladolid, habiendo venido preso del Río de la Plata, donde fue por gobernador[62].

Aguda observación la de Garcilaso al darse cuenta de que la «priesa» que tenían por volver a España a pedir nuevas gobernaciones era superior a la de permanecer haciendo milagros entre los nativos. Sitúa, además, el lugar de la muerte de Cabeza de Vaca en Valladolid y no en Sevilla como tradicionalmente se viene creyendo.

La Naturaleza de la Florida presentada en los *Naufragios*, es cruel en oposición a la imagen que de esta se hace por otros autores en el mismo período, Vázquez de Ayllón, René de Laudonniere, e incluso el mismo Garcilaso. Este último refiriéndose a las mencionadas tierras y al ver que

---

[62] Inca Garcilaso de la Vega, págs. 16-17.

no corresponde la información que él tiene con la de Álvar Núñez dice:

> De ver esta diferencia de tierras muy buenas y muy malas me pareció no pasar adelante sin tocar lo que Álvar Núñez Cabeza de Vaca, en sus *Comentarios* —se está refiriendo a los *Naufragios*—, escribe de esta provincia de Apalache, donde la pinta áspera y fragosa, ocupada de muchos montes y ciénagas, con ríos y malos pasos, mal poblada y estéril, toda en contra de lo que de ella vamos escribiendo[63].

Pese al realismo evidente de su obra, Cabeza de Vaca, parece recrearse en las descripciones de pobreza y desolación de las tierras por las que pasa. Sin embargo, no debieron de ser tan miserables las tribus de indios con los que convivió; se trata de un recurso más para elevar su figura al plano de mártir. Otra posibilidad es que la información viniese de segunda mano, a través de los indios, como el mismo Garcilaso menciona en *La Florida del Inca* en otro de sus perceptivos comentarios.

> También es de advertir que mucha parte de la relación que Álvar Núñez escribe de aquella tierra es la que los indios le dieron, como el mismo lo dice, que aquellos castellanos no la vieron porque, como eran pocos y casi o del todo rendidos, no tuvieron posibilidad para hollarla y verla por sus ojos ni para buscar de comer a así los más se dejaron morir de hambre. Y en la relación que le daban es de creer que los indios dirían antes mal que bien de su patria, por desacreditarla para que los españoles perdieran deseo de ir a ella, y con esto no desdice nuestra historia a la de aquel caballero[64].

---

[63] Inca Garcilaso de la Vega, pág. 131.
[64] Inca Garcilaso de la Vega, pág. 131.

Sin rechazar la posibilidad antes citada, me inclino más a pensar que la razón principal de Álvar Núñez para dar una descripción tan desolada de esas tierras no es otra que una técnica novelesca para resaltar aún más la figura del protagonista en su lucha frente a la adversidad. Es sorprendente que entre una y otra relación exista tanta diversidad de pareceres sobre todo refiriéndose a regiones concretas en las que tanto Cabeza de Vaca como de Soto estuvieron. Dice Álvar Núñez en los *Naufragios* con referencia a la tierra de Apalache.

> Preguntamos al cacique que les habíamos detenido, y a los otros indios que traíamos con nosotros, que eran vecinos y enemigos de ellos, por la manera y población de la tierra, y la calidad de la gente, y por los bastimentos y todas las otras cosas de ella. Respondiéronnos cada uno por sí, que el mayor pueblo de toda aquella tierra era aquel Apalache, y que adelante había menos gente y muy más pobre que ellos, y que la tierra era mal poblada y los moradores de ella muy repartidos[65].

Unas líneas más adelante y como resultado de la información conseguida de los indios, así como de su propia experiencia, añade Cabeza de Vaca.

> Nosotros vista la pobreza de la tierra, y las malas nuevas que de la población y de todo lo demás nos daban, y como los indios nos hacían continua guerra hiriéndonos la gente y los caballos (...) nos partimos a cabo de veinticinco días que allí habíamos llegado[66].

Si se compara la información vertida en estas líneas con la que presenta el Inca Garcilaso de la Vega se llegará a la conclusión que se están describiendo dos tierras completa-

---

[65] Cabeza de Vaca, Cap. VII.
[66] Cabeza de Vaca, Cap. VII.

mente diferentes. Por último, en la descripción de la provincia de Apalache:

> En conclusión, para que se vea la abundancia y fertilidad de la provincia de Apalache, decimos que todo el ejército de los españoles con los indios que llevaban de servicio, que por todos eran más de mil y quinientas personas y más de trescientos caballos, en cinco meses, y más que estuvieron invernando en este alojamiento, se sustentaron con la comida que al principio recogieron, y, cuando la habían menester, la hallaban en los pueblos pequeños de la comarca en tanta cantidad que nunca se alejaron legua y media del pueblo principal para traer[67].

¿Exagera alguno de los dos? ¿Cuál de las dos narraciones está en lo cierto?

Este tipo de aseveraciones no hacen más que confirmar una y otra vez el carácter literario de la obra de Álvar Núñez. Solo un hombre con ese ingenio pudo urdir y presentar en un «todo» a primera vista coherente la relación de sus experiencias. Pero la figura de Álvar Núñez no se limita a la de un «ingenioso» cronista, va mucho más lejos desafiando al mismo emperador para conseguir llevar a cabo sus «conquistas». Esta faceta un tanto iconoclasta del autor de los *Naufragios,* no solo por imitar la figura de Cristo, o por dar noticias falsas de cuanto vio o realizó, por robar a indios y cristianos, hace recordar a una figura universal, a un mito que Tirso de Molina perfila por primera vez en 1630 con *El burlador de Sevilla:* El «don Juan». Si bien el personaje de Tirso es una encarnación típicamente barroca, es también, y aquí viene su semejanza con Álvar Núñez, un rebelde a todos los niveles, donde la moral no tiene cabida, un ser hasta cierto punto diabólico por su increíble capacidad de no darse por vencido ni aun en presencia de la misma

---

[67] Inca Garcilaso de la Vega, pág. 183.

muerte: ¡Tan largo me lo fiáis...! Don Juan conquista mujeres usando todos los recursos imaginables a su alcance de la misma manera que Cabeza de Vaca conquista la geografía americana y el favor de sus superiores para llevar sus planes a cabo. No deja de ser curioso, como se vio al principio del presente trabajo, que en el archivo de Medina Sidonia, aparezca mencionado un pleito en contra de Álvar Núñez ya incluso antes de partir hacia América en su primer viaje: «Dió más a un mensajero que fue con un requerimiento desde esta mi villa a la ciudad de jerez sobre el pleito de Álvar Núñez Cabeza de Vaca... 30 de abril de 1527»[68]. Ni el hambre, la intemperie, los indios, el océano, la selva, la moral cristiana o el mismo rey frenan a este animoso hidalgo en luchar por algo que él cree que le pertenece por méritos y por linaje. El no darse por vencido después de la tragedia que vivió en Norteamérica, demuestra algo. Una determinación y perseverancia a prueba de fuego que solo cientos de acusaciones y finalmente la cárcel pudieron poner fin. Hasta su muerte, Álvar Núñez Cabeza de Vaca tendrá presente el fantasma del hambre. Contamos con un importante documento del Archivo General de Indias del 15 de septiembre de 1556: una Real Cédula dirigida a Ochoa de Luyando emitida en Valladolid, dando orden de que de los maravedís de penas de estrado se entreguen 12.000 a Álvar Núñez Cabeza de Vaca para ayuda de su enfermedad (AGI. Indiferente, 425, Leg. 23, f. 246v). Todo parece indicar que la muerte le sobrevino pocos meses después. Los testimonios del Inca Garcilaso de la Vega en *La Florida del Inca* y la *Relación* de Jaime Rasquín que hizo Alonso Gómez de Santoya, nos indican que para 1559 Álvar Núñez ya había muerto y que fue en la ciudad de Valladolid donde terminó sus días. Al menos, Cabeza de Vaca llegó a tener la satisfacción de haber visto publicada su obra pocos años antes de morir.

---

[68] Archivo Ducal de Medina Sidonia, Legajo 2438.

Esta edición

Sigo la segunda edición de *La Relación y Comentarios del gobernador Álvar Núñez Cabeza de Vaca, de lo acaescido en las dos jornadas que hizo a las Indias,* que se publicó en Valladolid en 1555. Básicamente igual a la edición príncipe (Zamora, 1542), si exceptuamos, la capitulización, alguna diferencia en el Proemio, así como la exclusión de algún nombre de tribu india esporádico. Me beneficio de la modernización ortográfica de la edición de Luis Alberto Sánchez (México, 1977), siguiendo por lo demás el modelo original.

Las notas al texto pretenden resaltar aquellos puntos en que el autor acumula información «difícil de creer» y que puede pasar inadvertida para el apasionado lector. De la misma manera inserto información sobre algunos pasajes que suscitan motivo de discusión o duda cuando se contrastan con la «Relación Conjunta» de Fernández de Oviedo y Valdés (1539), o con otras crónicas contemporáneas a los *Naufragios.* Incluyo el «Prohemio» —la ortografía ha sido igualmente actualizada— dada su vital importancia a la hora de interpretar el fin con que fue escrita la obra.

Bibliografía

LIBROS Y ARTÍCULOS[1]

ADORNO, Rolena, «The Discursive Encounter of Spain and America: The Authority of Eyewitness Testimony in the Writing of History», *The William and Mary Quarterly,* 49 (abril de 1992), págs. 210-228.
— «Peaceful Conquest and Law in the *Relación* of Álvar Núñez Cabeza de Vaca», en *Coded Encounters,* Amherst, University of Massachusetts, 1994, págs. 75-86.
— y PAUTZ, Patrick Charles, *Álvar Núñez Cabeza de Vaca,* Lincoln, The University of Montana Press, 1999.
AGNEW, Michael, «Zarzas, calabazas y cartas de relación: el triple peregrinaje imperialista de Álvar Núñez Cabeza de Vaca», *Revista Canadiense de Estudios Hispánicos,* 27.2 (2003), págs. 217-240.
AHERN, Maureen, «The Cross and the Gourd: The Appropriation of Ritual Signs in the *Relaciones* of Álvar Núñez Cabeza de Vaca and Fray Marcos de Niza», en *Early Images of the Americas: Transfer and Invention,* México, Consejo Nacional de la Cultura y las Artes, 1993 págs. 215-244.
ANÓNIMO, *Lazarillo de Tormes,* México, Editorial Porrúa, 1982.
AZARA, Félix de, *Descripción e Historia del Paraguay y del Río de la Plata,* Madrid, Imprenta de Sanchiz, 1847.
BANDELIER, Adolph F., «Fray Marcos de Niza's, Discovery of New Mexico», reimp. de *The New Mexico Historical Review* con

---

[1] Para los manuscritos, véase citas en el texto.

permiso de The Historical Society of New Mexico, Santa Fe, Nuevo México, Thistle Press, 1979, págs. 1-26.

BARRIS MUÑOZ, Rafael, «En torno a Álvar Núñez Cabeza de Vaca», *Boletín del Real Centro de Estudios Históricos de Andalucía,* Sevilla, año 1, núm. 1 (septiembre-octubre de 1927), págs. 42-61.

BAUER, Ralph, *The Cultural Geography of Colonial American Literatures,* Nueva York, Cambridge University Press, 2003.

BISHOP, Morris, *The Odyssey of Cabeza de Vaca,* Nueva York-Londres, The Century Co., 1933.

BOLTON, Herbert Eugene, *Coronado, Knight of Pueblos and Plains,* Albuquerque, The University of Colonial New Mexico Press, 1949.

BOST, David Herbert, «History and Fiction: The Presence of Imaginative Discourse in some Historical Narratives of Colonial Spanish America», Diss. Vanderbilt University, Nashville (Tennessee), UMI, 8221365, 1982.

— «The *Naufragios* of Álvar Núñez Cabeza de Vaca: A Case of Historical Romance», *South Eastern Latin Americanist,* 27 (1983), págs. 3-12.

BRANCH, E. Douglas, «The Story of America in Pictures», *The New Webster Encyclopedic Dictionary of the English Language,* Nueva York, Avenel Books, 1980.

CABA, Rubén y GÓMEZ-LUCENA, Eloísa, *La odisea de Cabeza de Vaca,* Barcelona, Edhasa, 2008.

CAMAMIS, George, *Estudios sobre el cautiverio en el Siglo de Oro,* Madrid, Gredos, Biblioteca Románica Hispánica, 1977.

CAMÕES, Luis de, *Os Lusíadas,* Lisboa, Minerva, 1972.

CARREÑO, Antonio, *«Naufragios* de Álvar Núñez Cabeza de Vaca: una retórica de la crónica colonial», *Revista Iberoamericana,* 53 (julio-septiembre de 1987), págs. 499-516.

— «La búqueda de la identidad multicultural en los *Naufragios* de Cabeza de Vaca», *Cuadernos Hispanoamericanos,* 673-674 (2006), págs. 169-184.

CASAS, Bartolomé de las, *Apologética Historia de las Indias,* ed. M. Serrano y Sanz, Madrid, Nueva Biblioteca de Autores Españoles, Historiadores de Indias, 1909.

Catálogo de los Fondos Americanos del Archivo de Protocolos de Sevilla, 8 vols., Sevilla, Instituto Hispano-Cubano de Historia de América, 1937-2000.

64

CERVANTES, Miguel de, *El ingenioso hidalgo don Quijote de la Mancha,* Madrid, Colección Novelas y Cuentos, 1971.

CORTÉS, Hernán, *Cartas y Relaciones de Hernán Cortés al Emperador Carlos V,* colegidas e ilustradas por Don Pascual de Gayangos, París, Imprenta Central de los Ferro-Carriles, A. Chaix y Cia., 1866.

CRADDOCK, Jerry, «Comentario de Comentarios: *Los Naufragios*», *Anuario de Letras,* 37 (1999), págs. 149-177.

CROVETTO, Pier Luigi, CRISAFIO, Raúl y FRANCO, Ernesto, «El naufragio en el Nuevo Mundo: De la escritura formulizada a la prefiguración de lo novelesco», *Palinure* (1985-1986), págs. 30-41.

DÍAZ, Lidia, «*Naufragios,* de Álvar Núñez Cabeza de Vaca: ¿Un discurso que revierte al fracaso?», *Lucero,* 3 (1992), págs. 11-18.

DÍAZ DEL CASTILLO, Bernal, *Historia de la Conquista de la Nueva España,* México, Editorial Porrúa, 1983.

DÍAZ Y PÉREZ, *Diccionario Biográfico de Extremeños Ilustres,* Madrid, 1884.

D'OLWER, Luis Nicolau, *Cronistas de las culturas precolombinas,* México, Fondo de Cultura Económica, 1981.

DOMINGUES, Mário, *Fernão Mendes Pinto,* Oporto, Livraria Civilizaçao-Editora, 1958.

DOWLING, Lee W., «Story vs Discourse in the Chronicle of the Indies: Álvar Núñez Cabeza de Vaca's *Relación*», *Hispanic Journal,* 5.2 (1984), págs. 89-99.

ENRÍQUEZ DE GUZMÁN, Alonso, *Libro de la vida y costumbres de Don Alonso Enríquez de Guzmán,* Madrid, Atlas, 1960.

ERCILLA, Alonso, *La Araucana,* México, Espasa-Calpe, 1978.

EZCURRA SEMBLAT, Isabel, *La conquista española en Indias: realidad y valor,* Montevideo, Editorial Don Bosco, 1979.

FABRY, Geneviève, «Leer y reescribir los *Naufragios* de Álvar Núñez Cabeza de Vaca o las virtualidades de la cita», en Luz Rodríguez Carranza y Marilene Nagle, *Reescrituras,* Amsterdam-Nueva York, Rodopi, 2004.

FERNÁNDEZ, José Bernardo, «Contributions of Álvar Núñez Cabeza de Vaca to History and Literature in the Southern United States», Diss. Florida State University, UMI, 7324257, 1973.

FERNÁNDEZ DE OVIEDO Y VALDÉS, Gonzalo, *Historia general y natural de las Indias, islas y tierra firme del mar océano,* ed. José

Amador de los Ríos, 4 vols., Madrid, Real Academia de la Historia, 1851-1855.

FIDALGO DE ELVAS, *Expedición de Hernando de Soto a la Florida,* Buenos Aires, Espasa-Calpe, 1952.

GALEOTA, Vito, «Appunti per un'analisi letteraria di *Naufragios* di A. Núñez Cabeza de Vaca», *Annali Istituto Universitario,* 25.2 (julio de 1983), págs. 471-497.

GANDÍA, Enrique de, *Historia crítica de los mitos de la conquista americana,* Madrid, Sociedad Española de Librerías, 1929.

— «Aventuras desconocidas de Álvar Núñez en Italia y en España», en *De la Torre del Oro a las Indias,* Buenos Aires, Talleres Gráficos Argentinos L. J. Rosso, 1935.

GIL, Juan y NÚÑEZ, Álvar, «Notas prosopográficas», *Suplemento de Anuario de Estudios Americanos: Historiografía y bibliografía,* 47.1 (1990), págs. 23-58.

— «El chamán blanco», *Boletín de la Real Academia Española,* 73 (1993), págs. 69-72.

GIMÉNEZ FERNÁNDEZ, Manuel, *Bartolomé de Las Casas,* vol. 2, Sevilla, Escuela de Estudios Hispano-Americanos, 1960.

GOMES DE BRITO, Bernardo, *Historia Trágico-Marítima,* 6 vols., Oporto, Barcelos Companhia Editora do Minho, 1942.

GONZÁLEZ ACOSTA, Alejandro, «Álvar Núñez Cabeza de Vaca: Naúfrago y huérfano», *Cuadernos Americanos,* 9.1 (1995), págs. 165-199.

GOODWIN, Robert T. C., «"De lo que sucedió a los demás que entraron en las indias": Álvar Núñez Cabeza de Vaca and Other Survivors of Pánfilo de Narváez's Expedition», *Bulletin of Spanish Studies,* 84.2 (2007), págs. 147-178.

HALLENBECK, Cleve, *Álvar Núñez Cabeza de Vaca. The Journey and Route of the First European to cross the Continent of North America 1534-1536,* Glendale (California), The Arthur and Clark Co., 1940.

HAMILTON, Nancy, «Painting Depicts Cabeza de Vaca, First Texas Surgeon», *Texas Times,* The University of Texas System (mayo-junio de 1983), pág. 2.

HAMMOND, George P. y REY, Agapito, *Narratives of the Coronado Expedition 1540-1542,* Albuquerque, The University of New Mexico Press, 1940.

HANKE, Lewis, *Aristotle and the American Indians,* Bloomington y Londres, Indiana University Press, 1975.

HART, Billy Thurman, «A Critical Edition with a Study of the Style of *La Relación* by Álvar Núñez Cabeza de Vaca», Diss. Southern California University, Los Ángeles, UMI, 7426030, 1974.

HODGE, Frederick W. y LEWIS, Theodore H., *Spanish Explorers in the Southern United States 1528-1543,* ed. Frederick Hodge, Nueva York, Charles Scribner's Sons, 1907.

HOFFMAN, Paul E., «Narváez and Cabeza de Vaca in Florida», en *The Forgotten Centuries: Indians and Europeans in the American South, 1521-1704,* ed. Charles Hudson y Carmen Chaves Tesser, Atenas y Londres, University of Georgia Press, 2004 [1990].

HUISEN, Dwight E. R., «Alterity and Hagiography in the Early Modern Captivity Narrative: *Naufragios,* Wahrhaftige Historia and Peregrinação», Diss. University of Illinois, Urbana, Abstract No.: 3182393, 2006.

KRIEGER, Alex, «The Travels of Álvar Núñez Cabeza de Vaca in Texas and Mexico, 1527-1536», en *Homenaje a Pablo Martínez del Río: Los orígenes americanos,* México, Instituto Nacional de Antropología, 1961, págs. 459-475.

— *We came naked and barefoot: The journey of Cabeza de Vaca across North America,* Austin, University of Texas, 2002.

LACALLE, Carlos, *Noticia sobre Álvar Núñez Cabeza de Vaca. Hazañas americanas de un caballero andaluz,* Madrid, Instituto de Cultura Hispánica, Colección Nuevo Mundo, 1961.

LAFAYE, Jacques, «Los milagros de Álvar Núñez Cabeza de Vaca (1527-1536)», en *Mesías, cruzadas, utopías: el judeo-cristianismo en las sociedades ibéricas,* México, Fondo de Cultura Económica, 1984, págs. 65-84.

LAFUENTE MACHAÍN, R. de, *Los conquistadores del Río de la Plata,* Buenos Aires, Ayacucho, 1943.

— *El gobernador Domingo Martínez de Irala,* Buenos Aires, Editorial «La Facultad», 1939.

LAGMANOVICH, David, «Los *Naufragios* de Álvar Núñez como construcción narrativa», *Kentucky Romance Quarterly,* 25.1 (1978), págs. 27-37.

Lastra, Pedro, «Espacios de Álvar Núñez: las transformaciones de una escritura», *Revista Chilena de Literatura,* 23 (1984), págs. 89-102.

Lee, Kun Jong, «Pauline Typology in Cabeza de Vaca's *Naufragios*», *Early American Literature,* 34, 3 (1999), págs. 241-262.

León-Portilla, Miguel y Garibay K., Ángel M.ª, *Visión de los vencidos,* México, Universidad Autónoma de México, 1984.

Leonard, Irving A., *The Books of the Brave,* Cambridge (Massachusetts), Harvard University Press, 1949.

Lewis, Robert E., «Los *Naufragios* de Álvar Núñez: historia y ficción», *Revista Iberoamericana,* 48, núm. 120-121 (juliodiciembre de 1982), págs. 681-694.

Long, Haniel, *Interlinear to Cabeza de Vaca: His Relations from Florida to the Pacific 1528-1536,* Santa Fe (Nuevo México), Writers' Editions Inc., 1939.

López, Kimberle S., «New World Rogues: Transculturation and Identity in the Latin American Picaresque Novel», Diss. University of California (Berkley), Ann Arbor, UMI 1995. 9504898, 1994.

Madariaga, Salvador, *Vida del muy magnífico señor Don Cristóbal Colón,* Buenos Aires, Editorial Sudamericana, 1944.

Mandeville, Sir John, *The Travels of Sir John Mandeville,* Suffolk, Penguin, 1983.

Maquiavelo, Nicolás, *El Príncipe,* Barcelona, Bruguera, 1974.

Margarido, Alfredo, «Fernão Mendes Pinto: Um herói do quotidiano», *Coloquio: Letras,* 74 (julio de 1983), págs. 23-28.

Martinetto, Vittoria, *Naufragi, prigionie, erranze. Poetiche dell'eroismo nel Nuovo Mondo,* Alessandria, Edizioni dell'Orso, 2001.

Maura, Juan Francisco, *Álvar Núñez Cabeza de Vaca: o el arte de la automitificación,* México, Frente de Afirmación Hispanista, 1987.

— «Veracidad en los *Naufragios:* la técnica narrativa utilizada por Álvar Núñez Cabeza de Vaca», *Revista Iberoamericana,* 170-171 (1995), págs. 187-195.

— «La ciudad en las crónicas de Indias: primeras descripciones», K. M. Sibbald, R. de la Fuente y J. Díaz (eds.), Actas: *Espacios vivos/espacios muertos: la ciudad en la literatura y folklore hispánicos,* Valladolid, Universitas Castellae, Colección «Cultura Iberoamericana», 4, 2000, págs. 235-243.

— «Nuevas interpretaciones sobre las aventuras de Álvar Núñez Cabeza de Vaca, Esteban de Dorantes y Fray Marcos de Niza», *Revista de Estudios Hispánicos* (PR), 29.1-2 (2002), págs. 129-154.

— «Nuevos datos documentales para la biografía de Álvar Núñez Cabeza de Vaca», *Cuadernos Hispanoamericanos,* 620 (2002), págs. 75-87.

— «Cobardía, crueldad y oportunismo español: algunas consideraciones sobre la "verdadera" historia de la conquista de la Nueva España», *Lemir (Revista de Literatura Española Medieval y del Renacimiento),* 7 (2003), 1-29, http://parnaseo.uv.es/Lemir/Revista/Revista7/NuevaEspa.htm

— «Nuevas aportaciones documentales para la biografía de Álvar Núñez Cabeza de Vaca», *Bulletin Hispanique,* 2 (2004), págs. 645-685.

— *Españolas de Ultramar en la historia y en la literatura,* Valencia, Universidad de Valencia, 2005.

— «Caballeros y rufianes andantes en la costa atlántica de los Estados Unidos: Lucas Vázquez de Ayllón y Álvar Núñez Cabeza», *Revista Canadiense de Estudios Hispánicos,* 35.2 (2011), págs. 305-328.

— *El gran burlador de América: Álvar Núñez Cabeza de Vaca* (2.ª ed.), Valencia, Universidad de Valencia, Colección Parnaseo-Lemir, 2011, http://parnaseo.uv.es/lemir/Textos/Maura2.pdf

— «El libro 50 de la *Historia General y Natural de las Indias* («Infortunios y Naufragios») de Gonzalo Fernández de Oviedo (1535): ¿génesis e inspiración de algunos episodios de *Naufragios* de Álvar Núñez Cabeza de Vaca (1542)?», *Lemir (Revista Española de Literatura Medieval y del Renacimiento),* 17 (2013), págs. 87-100.

MENDEZ PINTO, Fernam, *Peregrinaçam,* 7 vols., nueva edición según la de 1614, ed. A. J. Costa Pimpao y César Pegado, Oporto, Portucalense Editora, 1944.

MIEDER, Wolfgang, « "The Only Good Indian is a Dead Indian": History and Meaning of a Proverbial Stereotype», *Journal of American Folklore,* 106 (1993), págs. 38-60.

MILLÉ, Andrés, *Crónica de la orden franciscana en la conquista del Perú, Paraguay y el Tucumán y su covento del antigüo Buenos Aires,* Buenos Aires, Emecé Editores, 1961.

MOLLOY, Silvia, «Alteridad y reconocimiento en los *Naufragios* de Álvar Núñez Cabeza de Vaca», *Nueva Revista de Filología Hispánica*, 35 (1987), págs. 425-449.

MONTANÉ MARTÍ, Julio César, *El mito conquistado. Álvar Núñez Cabeza de Vaca*, México, Universidad de Sonora, 1999.

MORA, Carmen, *Las siete ciudades de Cibola*, Sevilla, Alfar, 1992.

MORALES PADRÓN, Francisco, *Teoría y Leyes de la Conquista*, Madrid, Ediciones Cultura Hispánica del Centro Iberoamericano de Cooperación, 1979.

MOTA Y PADILLA, Matías de la, *Historia de la Conquista del Reino de la Nueva Galicia*, corregido y comentado sobre los documentos inéditos que existen en el Municipal Archive y de lo expresado por otros historiadores por José Ireneo Gutiérrez, Guadalajara, Talleres Gráficos de Gallardo y Álvarez del Castillo, 1920.

— *Conquista del Reino de la Nueva Galicia en la América Septentrional*, Guadalajara, 1742, Instituto Jalicense de Antropología e Historia Colección Histórica de Obras Facsimilares, Universidad de Guadalajara, 1973.

NANFITO, Jacqueline C., «Cabeza de Vaca's *Naufragios y Comentarios:* The Journey Motif in the Chronicle of the Indies», *Revista de Estudios Hispánicos* (PR), 21 (1994), págs. 179-187.

NÚÑEZ CABEZA DE VACA, Álvar, *Relación que dio Álvar Núñez Cabeza de Vaca de lo acaescido en las Indias en la armada donde iva por governador Pánfilo de Narvaez...*, publicado por Agustín de Paz y Juan Picardo, Zamora, 6 de octubre de 1542.

— *La relación y comentarios del gobernador Álvar Núñez Cabeza de Vaca de lo acaescido en las dos jornadas que hizo a las Indias*, Valladolid, 1555.

— *Relación de los naufragios y comentarios de Álvar Núñez Cabeza de Vaca*, Book I, vol. V, Colección de Libros y Documentos referentes a la Historia de América, ed. M. Serrano y Sanz, Madrid, Librería General de Victoriano Suárez, 1906.

— *Relación de los naufragios y comentarios de Álvar Núñez Cabeza de Vaca*, Book II, vol. VI, ilustrado con varios documentos inéditos, Colección de Libros y Documentos referentes a la Historia de América, ed. M. Serrano y Sanz, Madrid, Librería General de Victoriano Suárez, 1906.

— *Naufragios y Comentarios,* prólogo de Luis Alberto Sánchez, México, Premiá Editora, S. A., 1977.

— *Naufragios y Comentarios,* ed. de Roberto Ferrando, Madrid, Historia 16, 1984.

— *Naufragios,* ed. de Juan Francisco Maura, Madrid, Cátedra, 1989.

— *Los Naufragios,* ed. de Enrique Pupo-Walker, Madrid, Castalia, 1992.

— *Castaways,* ed. de Pupo-Walker y trad. de Frances M. López Morillas, Berkeley, University of California Press, 1993.

— *Historia en español de las Indias del Nuovo Mundo (Naufragios). Codex Vindobonensis 5620,* Osterreichische Nationalbibliothek Viena, transcripción, introducción y notas por Miguel Nieto Nuño, Madrid, Guillermo Blázquez Editor, 1996.

OBREGÓN, Baltasar de, *Historia de los Descubrimientos Antiguos y Modernos de la Nueva España* (1584), México, Secretaría de Educación Publica, 1924.

— *Obregon's History of 16th Century Explorations in Western America,* trad., ed. y notas de George P. Hammond y Agapito Rey, Los Ángeles, Wetzel Publishing Company, Inc., 1928.

OJEDA, María Pilar, «Álvar Núñez Cabeza de Vaca and John Grady Cole: unhorsing the figures of the conquistador and the cowboy in America», Thesis (Ph. D.), Texas Tech University, 2002.

ORTIZ, Ann M., «The prophetic dimension of the *Naufragios* of Álvar Núñez Cabeza de Vaca», Diss. University of North Carolina, Chapel Hill, 1995.

PASTOR, Beatriz, *Discurso narrativo de la Conquista de América,* La Habana, Editorial Casa de las Américas, 1983.

POWELL, Philip Wayne, *Tree of Hate,* Nueva York y Londres, Basic Books, Inc., Publishers, 1971.

PUPO-WALKER, Enrique, «Pesquisas para una nueva lectura de *Los Naufragios* de Álvar Núñez Cabeza de Vaca», *Revista Iberoamericana,* 53 (julio-septiembre de 1987), págs. 517-539.

— «Notas para la caracterización de un texto seminal: *Los Naufragios* de Álvar Núñez Cabeza de Vaca», *Nueva Revista de Filología Hispánica,* 38 (1990), págs. 163-196.

— «Sobre el legado retórico en los *Naufragios* de Álvar Núñez Cabeza de Vaca», *Revista de Estudios Hispánicos* (PR), 19 (1992), págs. 179-190.

71

QUEVEDO, Francisco, *Vida del Buscón Don Pablos,* Mexico, Editorial Porrúa, 1982.

RABASA, José, «De la *allegoresis* etnográfica en los *Naufragios* de Álvar Núñez Cabeza de Vaca», *Revista Iberoamericana,* 170-171 (1995), págs. 175-185.

— *Writing Violence in the Northern Frontier,* Durham y Londres, Duke University Press, 2000.

RESÉNDEZ, Andrés, *A Land so Strange,* Nueva York, Basic Books, 2007.

RICO, Francisco, *La novela picaresca y el punto de vista,* Barcelona, Seix Barral, 1970.

— «Francisco Rico analiza el *Lazarillo* en su ingreso en la Academia», *El País* (5 de junio de 1987), págs. 18-19.

RIVERA MARTÍNEZ, Edgardo, «Singularidad y carácter de los *Naufragios* de Álvar Núñez Cabeza de Vaca», *Revista de Crítica Literaria Latinoamericana,* 19.38 (1993), págs. 301-315.

ROA BASTOS, Augusto, *Yo el Supremo,* México, Siglo XXI, Editores, 1977.

RODRIGUES, José Maria, *Vasco da Gama en Os Lusíadas,* Coimbra, Editorial Coimbra, 1929.

RODRÍGUEZ CARRIÓN, José, *Apuntes para una biografía del jerezano Álvar Núñez Cabeza de Vaca,* Jerez de la Frontera, Publicaciones del Centro de Estudios Históricos Jerezanos, 1985.

ROJINSKI, David, «Found in Translation: Writing Beyond Hybridity in Álvar Núñez Cabeza de Vaca's Naufragios», *Hofstra Hispanic Review: Revista de Literaturas y Culturas Hispánicas,* 3 (1), 2006, págs. 11-25.

RUIZ GRANDA, Emilio, «El tiempo del descubridor: los *Naufragios* de Cabeza de Vaca», *Signa,* 2 (1993), págs. 147-154.

SAHAGÚN, Bernardino, *Colloquios y doctrina Christiana,* ed. Vargas Rea, México, Biblioteca Aportación Histórica, 1944.

— *Códices Matritenses de la Historia General de las Cosas de la Nueva España,* Madrid, Ediciones Porrúa, 1963.

— *El códice Florentino y la Historia General,* México, General Archive of the Nation, 1982.

SANCHIS SINISTERRA, José, *Trilogía americana,* ed. Virtudes Serrano, Madrid, Cátedra, 1996.

SANTA CRUZ, Invernizzi, «Naufragios e infortunios: Discurso que transforma los fracasos en triunfos», *Dispositio,* 11 (1986), págs. 99-111.

Santos Evangelios, Madrid, Editorial Apostolado de la Prensa, S. A., 1959.

SARAIVA, Antonio José, *Iniciação na Literatura Portuguesa,* Mem Martins (Sintra), Publicações Europa-América, 1984.

SCHNEIDER, Paul, *Brutal Journey,* Nueva York, Henry Holt and Co., 2006.

SEPÚLVEDA, Juan Ginés, *Sobre las justas causas de la guerra contra los indios,* México, Fondo de Cultura Económica, 1941.

SERRANO Y SANZ, Manuel, *Documentos Históricos de la Florida y la Luisiana siglos XVI al XVIII,* Madrid, Librería General de Victoriano Suárez, 1912.

SIMPSON, Lesley Byrd, *The Encomienda In New Spain: The Beginning of Spanish Mexico,* Berkeley y Los Ángeles, University of California Press, 1966.

— *Los conquistadores y el indio americano,* Barcelona, Península, 1970.

SPITTA, Silvia, «Chamanismo y cristianidad: una lectura lógica intercultural de los *Naufragios* de Cabeza de Vaca», *Revista de Crítica Literaria Latinoamericana,* 19.38 (1993), págs. 317-330.

TELLO, Antonio, *Crónica Miscelánea de la Santa Provincia de Jalisco,* 2 vols., Guadalajara, Imprenta Literaria, 1891.

— *Historia de la Nueva Galicia,* http://www.cervantesvirtual. com/obra-visor/coleccion-de-documentos-para-la-historia-de-mexico-version-actualizada--0/html/ (mayo de 2011).

TERREL, John Upton, *Journey into Darkness,* Nueva York, William Morrow and Co., 1962.

TORRE REVELLÓ, José, «Esclavas blancas en las Indias occidentales», *Boletín del Instituto de Investigaciones Históricas,* 6.34 (1927-1928), págs. 263-271.

TRIFF, Soren, «La relación o *Naufragios* de Álvar Núñez: Historia y persuasión», *Confluencia,* 5 (primavera de 1990), págs. 61-67.

TODOROV, Tzvetan, *The Conquest of America,* Nueva York, Harper & Row, 1982.

UBIETO, Antonio, REGLÁ, Juan, JOVER, José María y SECO, Carlos, *Introducción a la historia de España,* Barcelona, Teide, 1984.

VEGA, Inca Garcilaso de la, *La Florida del Inca,* ed. y notas Emma Susana Speratti Piñero, México, Fondo de Cultura Económica, 1956.

VEGA Y CARPIO, Félix Lope de, *El Nuevo Mundo,* prol. Joaquín de Entrambasaguas, Madrid, Instituto de Cultura Hispánica, 1963.

VILLALÓN, Cristobal [Andrés Laguna], *Viaje de Turquía,* Madrid, Espasa-Calpe, 1965.

VITORINO, Clara, «Histoire et Litterature: La Reception de los *Naufragios* de Alvar Núnez Cabeza de Vaca», *Dedalus,* 3-4 (1993-1994), págs. 139-147.

WAGNER, Henry R., *The Spanish Southwest, 1542-1794,* Albuquerque, The Quivira Society, 1937.

WEBER, David J., *The Spanish Frontier in North America,* New Haven, Yale University Press, 1992.

Naufragios

Proemio

Sacra, Cesárea y Católica, Majestad:

Entre cuantos príncipes sabemos haya habido en el mundo, ninguno pienso se podría hallar a quien con tan verdadera voluntad, con tan gran diligencia y deseo hayan procurado los hombres servir y como vemos que a Vuestra Majestad hacen hoy. Bien claro se podrá aquí conocer y que esto no será sin gran causa y razón: ni son tan ciegos los hombres, que a ciegas y sin fundamento todos siguiesen este camino, pues vemos que no sólo los naturales a quien la fe y la subjeción obliga a hacer esto, mas aún los extraños trabajan por hacerle ventaja. Mas ya que el deseo y voluntad de servir y a todos en esto haga conformes, allende la ventaja que cada uno puede hacer, hay una muy gran diferencia no causada por culpa de ellos, sino solamente de la fortuna, o más cierto sin culpa de nadie, mas por sola voluntad y juicio de Dios; donde nasce que uno salga con más señalados servicios que pensó, y a otro le suceda todo tan al revés, que no pueda mostrar de su propósito más testigo que a su diligencia, y aun ésta queda a las veces tan encubierta que no puede volver por sí. De mí puedo decir que en la jornada que por mandado de Vuestra Majestad hice de Tierra Firme, bien pensé que mis obras y servicios fueran tan claros y manifiestos como fueron los de mis antepasados y que no tuviera necesidad de hablar para ser contado entre los que con entera fe y gran cuidado administran y tratan los cargos de Vuestra Majestad, y les hace merced. Mas como ni mi consejo ni diligencia aprovecharon para que aquello a que éramos idos fuese ganado conforme al servicio de Vuestra Majestad, y por nuestros pecados permitiese Dios que de cuantas armadas a aquellas tierras han ido ninguna se viese en tan grandes peligros ni tuviese tan miserable y desastrado fin, no me quedó lugar para hacer más servicio de éste, que es traer a Vuestra Majestad relación de lo que en diez años[1] que por muchas y muy extrañas tierras que anduve perdido y en cueros, pudiese haber y ver, así en el sitio de las tierras y provincias de ellas, como en los mantenimientos y animales que en ella se crían, y las diversas costumbres de muchas y muy bárbaras naciones con quien conversé y viví, y todas las otras particularidades que pude alcanzar y conocer, que de ello en alguna manera vuestra majestad será servido: porque aunque la esperanza de salir de entre ellos tuve, siempre fue muy poca, el cuidado, y diligencia siempre fue muy grande de tener particular memoria de todo, para que si en algún tiempo Dios nuestro Señor quisiese traerme a donde ahora estoy, pudiese dar testigo de mi voluntad, y servir a Vuestra Majestad. Lo cual yo escribí con tanta certinidad, que aunque en ella se lean algunas cosas muy nuevas, y para algunos muy difíciles de creer, pueden sin duda creerlas: y creer por muy cierto, que antes soy en todo más corto que largo: y bastará para esto haberlo ofrecido a Vuestra Majestad por tal. A la cual suplico la reciba en nombre del servicio: pues este todo es el que un hombre que salió desnudo pudo sacar consigo[2].

---

[1] En la edición publicada en Zamora (1542), nueve años.

[2] Hoy sabemos que no llegó tan desnudo como él mismo afirma, sino que en La Habana contaba con cierto oro: «Álvar Núñez Cabeza de Vaca, vecino de Sevilla en la collación de San Martín, otorga poder al jurado Francisco de Plasencia, vecino de la collación de San Isidoro, para que del oro que dejó en La Habana en poder de Pedro Velázquez, teniente de

Capítulo primero

En que cuenta cuándo partió la armada, y los oficiales y gente que en ella iba

A 17 días del mes de junio de 1527 partió del puerto de San Lúcar de Barrameda el gobernador Pánfilo de Narváez, con poder y mandado de Vuestra Majestad para conquistar y gobernar las provincias que están desde el río de las Palmas hasta el cabo de la Florida, las cuales son en Tierra Firme. La armada que llevaba eran cinco navíos, en los cuales, poco más o menos, irían seiscientos hombres. Los oficiales que llevaba (porque de ellos se ha de hacer mención) eran estos que aquí se nombran: Cabeza de Vaca, por tesorero y por algualcil mayor; Alonso Enríquez, contador; Alonso de Solís, por factor de Vuestra Majestad y por veedor; iba un fraile de la Orden de San Francisco por comisario, que se llamaba fray Juan Suárez, con otros cuatro frailes de la misma Orden. Llegamos a la isla de Santo Domingo, donde estuvimos casi cuarenta y cinco días, proveyéndonos

---

gobernador de la dicha Habana, cobre 250 ducados que le había presta-do». Libro del año 1537. Oficio X. Escribanía: Pedro Coronado. Folio 33 vto. Del mes de noviembre. Fecha: 7 de noviembre. Signatura: 5858. *Catálogo de los Fondos Americanos del Archivo de Protocolos de Sevilla,* tomo 11, Sevilla, Instituto Hispano-Cubano de Historia de América, 2009. Doc. 460, 126.

de algunas cosa necesarias, señaladamente de caballos. Aquí nos faltaron de nuestra armada más de ciento y cuarenta hombres, que quisieron quedar allí, por los partidos y promesas que los de la tierra les hicieron. De allí partimos y llegamos a Santiago (que es puerto en la isla de Cuba), donde en algunos días que estuvimos, el gobernador se rehizo de gente, de armas y de caballos. Sucedió allí que un gentilhombre que se llamaba Vasco Porcalle, vecino de la villa de la Trinidad, que es en la misma isla, ofreció de dar al gobernador ciertos bastimentos que tenía en la Trinidad, que es cien leguas del dicho puerto de Santiago. El gobernador, con toda la armada, partió para allá; mas llegados a un puerto que se dice Cabo de Santa Cruz, que es mitad del camino parecióle que era bien esperar allí y enviar un navío que trajese aquellos bastimentos. Para esto mandó a un capitán Pantoja que fuese allá con su navío, y que yo, para más seguridad, fuese con él, y él quedó con cuatro navíos, porque en la isla de Santo Domingo había comprado un otro navío. Llegados con estos dos navíos al puerto de la Trinidad, el capitán Pantoja fue con Vasco Porcalle a la villa, que es una legua de allí, para recibir los bastimentos. Yo quedé en la mar con los pilotos, los cuales nos dijeron que con la mayor presteza que pudiésemos nos despachásemos de allí, porque aquel era muy mal puerto y se solían perder muchos navíos en él; y porque lo que allí nos sucedió fue cosa muy señalada, me pareció que no sería fuera del propósito y fin con que yo quise escribir este camino, contarla aquí. Otro día de mañana comenzó el tiempo a no dar buena señal, porque comenzó a llover, y el mar iba arreciando tanto, que aunque yo di licencia a la gente que saliese a tierra, como ellos vieron el tiempo que hacía y que la villa estaba de allí una legua, por no estar al agua y al frío que hacía, muchos se volvieron al navío. En esto vino una canoa de la villa, rogándome que me fuese allá y que me darían los bastimentos que hubiese y necesarios fuesen; de lo cual yo me excusé diciendo que no podía dejar los navíos. A mediodía volvió la canoa con otra carta, en que con mucha importunidad pedían lo mismo, y traían un caballo en que fuese; yo di la misma respuesta que primero había dado, diciendo que no dejaría los navíos; mas los pilotos y la gente me rogaron que fuese, porque diese prisa que los bastimentos se trajesen lo más presto que pudiese ser, porque nos partiésemos luego de allí, donde ellos estaban con gran temor que los navíos se habían de perder si allí estuviesen mucho. Por esta razón yo determiné de ir a la villa, aunque primero que fuese dejé proveído y mandado a los pilotos que si el sur, con que allí suelen perderse muchas veces los navíos, ventase y se viesen en mucho peligro, diesen con los navíos al través[3] y en parte que se salvase la gente y los caballos. Con esto yo salí, aunque quise sacar algunos conmigo, por ir en mi compañía, los cuales no quisieron salir, diciendo que hacía mucha agua y frío y la villa estaba muy lejos; que otro día, que era domingo, saldrían con la ayuda de Dios, a oír misa. A una hora después de yo salido la mar comenzó a venir muy brava, y el norte fue tan recio que ni los bateles osaron salir a tierra, ni pudieron dar en ninguna manera con los navíos al través por ser el viento por la proa; de suerte que con muy gran trabajo, con dos tiempos contrarios y mucha agua que hacía, estuvieron aquel día y el domingo hasta la noche. A esta hora el agua y la tempestad comenzó a crecer tanto, que no menos tormenta había en el pueblo que en el mar, porque todas las casas e iglesias se cayeron, y era necesario que anduviésemos siete u ocho hombres abrazados unos con otros para podernos amparar que el viento no nos llevase. Andando entre los árboles, no menos temor teníamos de ellos que de las casas, porque como ellos también caían, no nos matasen debajo. En esta tempestad y peligro anduvimos toda la noche, sin hallar parte ni lugar donde media hora pudiésemos estar seguros.

---

[3] Dar al través: varar un navío en la playa.

Andando en esto, oímos toda la noche, especialmente desde el medio de ella, mucho estruendo grande y ruido de voces, y gran sonido de cascabeles y de flautas y tamborinos y otros instrumentos, que duraron hasta la mañana, que la tormenta cesó. En estas partes nunca otra cosa tan medrosa se vio; yo hice una provanza de ello, cuyo testimonio envié a Vuestra Majestad[4]. El lunes por la mañana bajamos al puerto y no hayamos los navíos; vimos las boyas de ellos en el agua, adonde conocimos ser perdidos, y anduvimos por la costa por ver si hallaríamos alguna cosa de ellos; y como ninguno hallásemos, metímonos por los montes, y andando por ellos, un cuarto de legua de agua hallamos la barquilla de un navío puesta sobre unos árboles, y diez leguas de allí por la costa, se hallaron dos personas de mi navío y ciertas tapas de cajas, y las personas tan desfiguradas de los golpes de las peñas, que no se podían conocer; halláronse también una capa y una colcha hecha pedazos, y ninguna otra cosa pareció. Perdiéronse en los navíos sesenta personas y veinte caballos. Los que habían salido a tierra el día que los navíos allí llegaron, que serían hasta treinta, quedaron de los que en ambos navíos había. Así estuvimos algunos días con mucho trabajo y necesidad, porque la provisión y mantenimientos que el pueblo tenía se perdieron y algunos ganados; la tierra quedó tal, que era gran lástima verla: caídos los árboles, quemados los montes, todos sin hojas ni yerba. Así pasamos hasta cinco días del mes de noviembre, que llegó el gobernador con sus cuatro navíos, que también habían pasado gran tormenta y también, habían escapado por haberse metido con tiempo en parte segura. La gente que ellos traía, y la que allí halló, estaban tan atemorizados de lo pasado, que temían mucho tornarse a embarcar en invierno, y rogaron al gobernador que lo pa-

---

[4] Cabeza de Vaca empieza a dar ambiente de misterio y suspense a su «crónica».

sase allí, y él, vista su voluntad y la de los vecinos, intervino allí. Dióme a mí cargo de los navíos y de la gente para que me fuese con ellos a invernar al puerto de Xagua, que es doce leguas de allí, donde estuve hasta 20 días del mes de febrero.

Capítulo II

Cómo el gobernador vino al puerto de Xagua
y trajo consigo a un piloto

En este tiempo llegó allí el gobernador con un bergantín que en la Trinidad compró, y traía consigo un piloto que se llamaba Miruelo; habíalo tomado porque decía que sabía y había estado en el río de las Palmas, y era muy buen piloto de toda la costa norte. Dejaba también comprado otro navío en la costa de La Habana, en el cual quedaba por capitán Álvaro de la Cerda, con cuarenta hombres y doce de a caballo. Y dos días después que llegó el gobernador se embarcó, y la gente que llevaba eran cuatrocientos hombres y ochenta caballos en cuatro navíos y un bergantín. El piloto que de nuevo habíamos tomado metió los navíos por los bajíos que dicen de Canarreo, de manera que otro día dimos en seco, y así estuvimos quince días, tocando muchas veces las quillas de los navíos en seco, al cabo de los cuales, una tormenta del sur metió tanta agua en los bajíos, que pudimos salir, aunque no sin mucho peligro. Partidos de aquí y llegados a Guaniguanico, nos tomó otra tormenta, que estuvimos a tiempo de perdernos. A cabo de Corrientes tuvimos otra, donde estuvimos tres días; pasados estos, doblamos el cabo de San Antón, y anduvimos con tiempo contrario hasta llegar a doce leguas de La Habana; y estando otro día para entrar en ella, nos tomó un tiempo de sur que nos apartó de la tierra, y atravesamos por la costa de la Florida y llegamos a la tierra martes 12 días del mes de abril, y fuimos costeando la vía de la Florida; y Jueves Santo surgimos en la misma costa, en la boca de la bahía, al cabo del cual vimos ciertas casas y habitaciones de indios.

Capítulo III

Cómo llegamos a la Florida

En este mismo día salió el contador Alonso Enríquez y se puso en una isla que está en la misma bahía y llamó a los indios, los cuales vinieron y estuvieron con él buen pedazo de tiempo, y por vía de rescate le dieron pescado y algunos pedazos de carne de venado. Otro día siguiente, que era Viernes Santo, el gobernador se desembarcó con la más gente que en los bateles que traía pudo sacar, y como llegamos a los buhíos o casas que habíamos visto de los indios, hallámoslas desamparadas y solas, porque la gente se había ido aquella noche en sus canoas. El uno de aquellos buhíos era muy grande, que cabrían en él más de trescientas personas; los otros eran más pequeños, y hallamos allí una sonaja de oro[5] entre las redes. Otro día el gobernador levantó pendones por Vuestra Majestad y tomó la posesión de la tierra en su real nombre, presentó sus provisiones y fue obedecido por gobernador, como Vuestra Majestad lo mandaba. Asimismo presentamos nosotros las nuestras ante él, y él las obedeció como en ellas se contenía. Luego mandó que toda la otra gente desembarcase y los caballos que habían quedado, que no eran más de cuarenta y dos, porque los demás, con las grandes tormentas y mucho tiempo que habían andado por la mar, eran muertos; y estos pocos que quedaron estaban tan flacos y fatigados, que por el presente poco provecho pudimos tener de ellos. Otro día los indios de aquel pueblo vinieron a nosotros, y

---

[5] Oro, primera aparición en la narración.

85

aunque nos hablaron, como nosotros no teníamos lengua, no los entendíamos; mas hacíannos muchas señas y amenazas, y nos pareció que nos decían que nos fuésemos de la tierra, y con esto nos dejaron, sin que hiciesen ningún impedimento, y ellos se fueron.

Capítulo IV

Cómo entramos por la tierra

Otro día adelante el gobernador acordó de entrar por la tierra, por descubrirla y ver lo que en ella había. Fuímonos con él el comisario y el veedor y yo, con cuarenta hombres, y entre ellos seis de a caballo, de los cuales poco nos podíamos aprovechar. Llevamos la vía del norte hasta que a hora de vísperas llegamos a una bahía muy grande, que nos pareció que entraba mucho por la tierra; quedamos allí aquella noche, y otro día nos volvimos donde los navíos y gente estaban. El gobernador mandó que el bergantín fuese costeando la vía de la Florida, y buscase el puerto que Miruelo el piloto había dicho que sabía; mas ya él lo había errado, y no sabía en qué parte estábamos, ni adónde era el puerto; y fuéle mandado al bergantín que si no lo hallase, travesase a La Habana, y buscase el navío que Álvaro de la Cerda tenía, y tomados algunos bastimentos, nos viniesen a buscar. Partido el bergantín, tornamos a entrar en la tierra los mismos que primero, con alguna gente más y costeamos la bahía que habíamos hallado; y andadas cuatro leguas, tomamos cuatro indios, y mostrámosles maíz para ver si le conocían, porque hasta entonces no habíamos visto señal de él. Ellos nos dijeron que nos llevarían donde lo había; y así, nos llevaron a su pueblo, que es al cabo de la bahía, cerca de allí, y en él nos mostraron un poco de maíz, que aún no estaba para cogerse. Allí hallamos muchas cajas de mercaderes de Castilla, y en cada una de ellas estaba un cuerpo de hombre muerto, y los cuerpos cubiertos con unos cueros de venado pintados. Al comisario le pareció que esto era especie de idolatría, y quemó la caja con los cuerpos[6]. Hallamos también pedazos de lienzo y de paño, penachos que parecían de la Nueva España; hallamos también muestras de oro[7]. Por señas preguntamos a los indios de adónde habían habido aquellas cosas; señaláronnos que muy lejos de allí había una provincia que se decía Apalache, la cual había mucho oro, y hacían seña de haber muy gran cantidad de todo lo que estimamos en algo. Decían que en Apalache había mucho, y tomando aquellos indios por guía, partimos de allí; y andadas diez o doce leguas, hallamos otro pueblo de quince casas, donde había buen pedazo de maíz sembrado, que ya estaba para cogerse, y también hallamos alguno que estaba ya seco; y después de dos días que allí estuvimos, nos volvimos donde el contador y la gente de navíos estaban, y contamos al contador y pilotos lo que habíamos visto, y las nuevas que los indios nos habían dado. Y otro día que fue primero de mayo, el gobernador llamó aparte al comisario y al contador y al veedor y a mí, y a un marinero que se llamaba Bartolomé Fernández, y a un escribano que se decía Jerónimo de Alaniz, y así juntos, nos dijo que tenía voluntad de entrar por la tierra adentro y los navíos se fuesen costeando hasta que llegasen

---

6   En el último capítulo de los *Naufragios,* Cabeza de Vaca volverá a hacer mención de estos «muertos» añadiendo además que eran «cristianos».

7   Estas alusiones al oro despertaron en su tiempo una auténtica fiebre por explorar dichas tierras. El solo hecho de haber sido el causante de una de las expediciones más costosas de su tiempo, llevada a cabo por Francisco Vázquez de Coronado, y el haber recibido el título de Adelantado, Capitán General y Gobernador del Río de la Plata, no solo demuestra determinación en su carácter sino un gran ingenio. Calificarlo como «embaucador» o «charlatán» sería limitar enormemente las cualidades de este personaje. No serían pocos los hidalgos sin recursos económicos que estarían intentando conseguir un favor real, para embarcarse en la aventura del Nuevo Mundo, poniendo por delante credenciales del linaje de sus antepasados o promesas de conseguir tal o cual conquista para el engrandecimiento de la Corona. Existe por tanto un gran paralelismo entre este tipo de hidalgo y el pícaro de su época que tiene que valerse de su propio ingenio para sobrevivir.

al puerto, y que los pilotos decían y creían que yendo la vía de las Palmas estaban muy cerca de allí; y sobre esto nos rogó le diésemos nuestro parecer. Yo respondía que me parecía que por ninguna manera dejar los navíos sin que primero quedasen en puerto seguro y poblado, y que mirase que los pilotos no andaban ciertos, ni se afirmaban en una misma cosa, ni sabían a qué parte estaban; y que allende de esto, los caballos no estaban para que en ninguna necesidad que se ofreciese nos pudiésemos aprovechar de ellos; y que sobre todo esto, íbamos mudos y sin lengua[8], por donde mal nos podíamos entender con los indios, ni saber lo que de la tierra queríamos, y que entrábamos por tierra desque ninguna relación teníamos, ni sabíamos de qué suerte era, ni lo que en ella había, ni de qué gente estaba poblada, ni a qué parte de ella estábamos; y que sobre todo esto, no teníamos bastimentos para entrar adonde no sabíamos; porque, visto lo que los navíos había, no se podía dar a cada hombre de ración para entrar por la tierra más de una libra de bizcocho y otra de tocino, y que mi parecer era que se debía embarcar y ir a buscar puerto y tierra que fuese mejor para poblar, pues la que habíamos visto, en sí era tan despoblada y tan pobre, cuanto nunca en aquellas partes se había hallado. Al comisario le pareció todo lo contrario, diciendo que no se había de embarcar, sino que yendo siempre hacia la costa, fuesen en busca del puerto, pues los pilotos decían que no estaban sino diez o quince leguas de allí la vía de Pánuco, y que no era posible, yendo siempre a la costa, que no topásemos con él, porque decían que entraba doce leguas adentro por la tierra, y que los primeros que lo hallasen, esperasen a los otros, y que embarcarse era tentar a Dios, pues desque partimos de Castilla tantos trabajos habíamos pasado, tantas tormentas, tantas pérdidas

---

[8] Ya se sabe por otros exploradores anteriores a Cabeza de Vaca, la capital importancia que supondría tener una persona «lengua», que pudiese comunicarse con los indígenas.

de navíos y de gente habíamos tenido hasta llegar allí; y que por estas razones él se debía de ir por luengo de costa hasta llegar al puerto, y que los otros navíos, con la otra gente, se irían a la misma vía hasta llegar al mismo puerto. A todos los que allí estaban pareció bien que esto se hiciese así, salvo al escribano, que dijo que primero que desamparase los navíos, los debía de dejar en puerto conocido y seguro, y en parte que fuese poblada; que esto hecho, podría entrar por la tierra adentro y hacer lo que le pareciese. El gobernador siguió su parecer y lo que los otros le aconsejaban. Yo, vista su determinación, requeríle de parte de Vuestra Majestad que no dejase los navíos sin que quedasen en puerto y seguros, y así lo pedí por testimonio al escribano que allí teníamos. Él respondió que, pues él se conformaba con el parecer de los más de los otros oficiales y comisario, que yo no era parte para hacerle estos requerimientos, y pidió al escribano le diese por testimonio cómo por no haber en aquella tierra mantenimientos para poder poblar, ni puerto para los navíos, levantaba el pueblo que allí había asentado, e iba con él en busca del puerto y de tierra que fuese mejor; y luego mandó apercibir la gente que había de ir con él, que se proveyesen de lo que era menester para la jornada. Después de esto proveído, en presencia de los que allí estaban, me dijo que, pues yo tanto estorbaba y temía la entrada por tierra, que me quedase y tomase cargo de los navíos y de la gente que en ellos quedaba, y poblase si yo llegase primero que él[9]. Yo me excusé de esto, y después de salidos de allí aquella misma tarde, diciendo que no le parecía que de nadie se podía fiar aquello, me envió a decir que me rogaba que tomase cargo de ello. Viendo que importunándome tanto, yo todavía me excusaba, me preguntó qué era la causa por que huía de aceptarlo; a lo cual respondí que yo huía

---

[9] Álvar Núñez justifica su posición frente a la del gobernador y del comisario dejando claro que la decisión de desembarcar y todo lo que esto supuso se escapaba del control de su autoridad.

de encargarme de aquello porque tenía por cierto y sabía que él no había de ver más los navíos, ni los navíos a él, y que esto entendía viendo que tan sin aparejo se entraban por la tierra adentro. Que yo quería más aventurarme al peligro que él y los otros se aventuraban, y pasar por lo que él y ellos pasasen, que no encargarme de los navíos, y dar ocasión a que se dijese que, como había contradicho la entrada, me quedaba por temor, y mi honra anduviese en disputa; y que yo quería más aventurar la vida que poner mi honra en esta condición[10]. Él, viendo que conmigo no aprovechaba, rogó a otros muchos que me hablasen en ello y me lo rogasen, a los cuales respondía lo mismo que a él; y así, proveyó por su teniente, para que quedase en los navíos, a un alcalde que traía que se llamaba Caravallo.

---

[10] Su «honra» estaba por encima de la decisión de quedarse con los navíos.

Capítulo V

Cómo dejó los navíos el gobernador

Sábado primero de mayo, el mismo día que esto había pasado, mandó dar a cada uno de los que habían de ir con él dos libras de bizcocho y media libra de tocino[11], y así nos partimos para entrar en la tierra. La suma de toda la gente que llevábamos era trescientos hombres; en ellos iba el comisario fray Juan Suárez, y otro fraile que se decía fray Juan de Palos, y tres clérigos y los oficiales. La gente de caballo que con estos íbamos, éramos cuarenta de caballo; y así anduvimos con aquel bastimento que llevábamos, quince días, sin hallar otra cosa que comer, salvo palmitos de la manera de los de Andalucía. En todo este tiempo no hallamos indio ninguno, ni vimos casa ni poblado, y al cabo llegamos a un río que lo pasamos con muy gran trabajo a nado y en balsas: detuvímonos un día en pasarlo, que traía muy gran corriente. Pasados a la otra parte, salieron a nosotros hasta doscientos indios, poco más o menos; el gobernador salió a ellos, y después de haberlos hablado por señas, ellos nos señalaron de suerte, que hubimos de revolver con ellos, y prendimos cinco o seis, y estos nos llevaron a sus casas, que estaban hasta media legua de allí, en las cuales hallamos gran cantidad de maíz que estaba ya para cogerse, y dimos infinitas gracias a nuestro Señor por habernos socorrido en tan grande necesidad, porque ciertamente, como éramos nuevos en los trabajos, allende del

---

11 Teniendo en cuenta que los *Naufragios* se escribieron casi catorce años después, la memoria de Álvar Núñez es inaudita.

cansancio que traíamos, veníamos muy fatigados de hambre y a tercero día que allí llegamos, nos juntamos el contador y veedor y comisario y yo, y rogamos al gobernador que enviase a buscar la mar, por ver si hallaríamos puerto, porque los indios decían que la mar no estaba muy lejos de allí. Él nos respondió que no curásemos de hablar en aquello, porque estaba muy lejos de allí; y como yo era el que más le importunaba, díjome que me fuese yo a descubrirla y que buscase puerto, y que había de ir a pie con cuarenta hombres; y así, otro día yo me partí con el capitán Alonso del Castillo y con cuarenta hombres de su compañía, y así anduvimos hasta hora del mediodía, que llegamos a unos placeles[12] de la mar que parecía que entraban mucho por tierra: anduvimos por ellos hasta legua y media con el agua hasta la mitad de la pierna, pisando por encima de ostiones[13], de los cuales recibimos muchas cuchilladas en los pies, y nos fueron a causa de mucho trabajo, hasta que llegamos en el río que primero habíamos atravesado, que entraba por aquel mismo ancón, y como no lo pudimos pasar, por el mal aparejo que para ello teníamos, volvimos al real, y contamos al gobernador lo que habíamos hallado, y cómo era menester otra vez pasar el río por el mismo lugar que primero lo habíamos pasado, para que aquel ancón se descubriese bien, y viésemos si por allí había puerto; y otro día mandó a un capitán que se llamaba Valenzuela, que con setenta hombres y seis de caballo pasase el río y fuese por él abajo hasta llegar a la mar, y buscar si había puerto; el cual, después de dos días que allá estuvo, y volvió y dijo que él había descubierto el ancón, y que todo era bahía baja hasta la rodilla, y que no se hallaba puerto; y que había visto cinco o seis canoas de indios que pasaban de una parte a otra, que llevaban puestos muchos penachos. Sabido esto,

---

[12] Placel: banco de arena o piedra en el fondo del mar, llano y de bastante extensión.

[13] Especie de ostras, mayores y más bastas que las comunes.

otro día partimos de allí, yendo siempre en demanda de aquella provincia que los indios nos habían dicho Apalache, llevando por guía los que de ellos habíamos tomado, y así anduvimos hasta 17 de junio, que no hallamos indios que nos osasen esperar. Allí salió a nosotros un señor que le traía un indio a cuestas, cubierto de un cuero de venado pintado: traía consigo mucha gente, y delante de él venían tañendo unas flautas de caña; y así llegó donde estaba el gobernador, y estuvo una hora con él, y por señas le dimos a entender que íbamos a Apalache, y por las señas que él hizo, nos pareció que era enemigo de los Apalache, y que nos iría a ayudar contra él. Nosotros le dimos cuentas y cascabeles y otros rescates, y él dio al gobernador el cuero que traía cubierto. Así se volvió, y nosotros le fuimos siguiendo por la vía que él iba. Aquella noche llegamos a un río, el cual era muy hondo y muy ancho, y la corriente muy recia, y por no atrevemos a pasar con balsas, hicimos una canoa para ello, y estuvimos en pasarlo un día; y si los indios nos quisieran ofender, bien nos pudieran estorbar el paso, y aun con ayudarnos ellos, tuvimos mucho trabajo. Uno de a caballo, que se decía Juan Velázquez, natural de Cuéllar, por no esperar entró en el río, y la corriente, como era recia, lo derribó del caballo, y se asió a las riendas, y ahogó a sí y al caballo; y aquellos indios de aquel señor, que se llamaba Dulchalchelín[14], hallaron el caballo, y nos dijeron dónde hallaríamos a él por el río abajo, y así fueron por él, y su muerte nos dio mucha pena, porque hasta entonces ninguno nos había faltado. El caballo dio de cenar a muchos aquella noche.

Pasados de allí, otro día llegamos al pueblo de aquel señor, y allí nos envió maíz. Aquella noche, donde iban a tomar agua nos flecharon un cristiano, y quiso Dios que no

---

[14] Dulchalchelín es el único nombre propio de indio que aparece en toda la narración. Lope de Vega utilizará el mismo nombre, unos años más tarde, en uno de sus personajes indígenas en su obra *El Nuevo Mundo*.

lo hirieron. Otro día nos partimos de allí sin que indio ninguno de los naturales pareciese, porque todos habían huido: más yendo nuestro camino, parecieron indios, los cuales venían de guerra, y aunque nosotros los llamamos, no quisieron volver y esperar; mas antes se retiraron, siguiendo por el mismo camino que llevábamos. El gobernador dejó una celada de algunos de a caballo en el camino, que como pasaron, salieron a ellos, y tomaron tres o cuatro indios, y estos llevamos por guías de allí adelante; los cuales nos llevaron por tierra muy trabajosa de andar y maravillosa de ver, porque en ella hay muy grandes montes y los árboles a maravilla altos, y son tantos los que están caídos en el suelo, que nos embarazaban el camino, de suerte que no podíamos pasar sin rodear mucho y con muy gran trabajo; de los que no estaban caídos, muchos estaban hendidos desde arriba hasta abajo, de rayos que en aquella tierra caen, donde siempre hay muy grandes tormentas y tempestades. Con este trabajo caminamos hasta un día después de San Juan, que llegamos a vista de Apalache sin que los indios de la tierra nos sintiesen. Dimos muchas gracias a Dios por vernos tan cerca de Él, creyendo que era verdad lo que de aquella tierra nos habían dicho, que allí se acabarían los grandes trabajos que habíamos pasado, así por el malo y largo camino para andar, como por la mucha hambre que habíamos padecido; porque aunque algunas veces hallábamos maíz, las más andábamos siete y ocho leguas sin toparlo; y muchos había entre nosotros que, allende del mucho cansancio y hambre, llevaban hechas llagas en las espaldas, de llevar las armas a cuestas, sin otras cosas que se ofrecían. Mas con vernos llegados donde deseábamos, y donde tanto mantenimiento y oro nos habían dicho que había, pareciónos que se nos había quitado gran parte del trabajo y cansancio.

Capítulo VI

Cómo llegamos a Apalache

Llegados que fuimos a vista de Apalache, el gobernador mandó que yo tomase nueve de a caballo y cincuenta peones, y entrase en el pueblo, y así lo acometimos el veedor y yo; y entrados, no hallamos sino mujeres y muchachos, que los hombres a la sazón no estaban en el pueblo; mas de ahí a poco, andando nosotros por él, acudieron, y comenzaron a pelear, flechándonos, y mataron el caballo del veedor; mas al fin huyeron y nos dejaron. Allí hallamos mucha cantidad de maíz que estaba ya para cogerse, y mucho seco que tenían encerrado. Hallámosles muchos cueros de venados, y entre ellos algunas mantas de hilo pequeñas, y no buenas, con que las mujeres cubren algo de us personas. Tenían muchos vasos para moler maíz. En el pueblo había cuarenta casas pequeñas y edificadas, bajas y en lugares abrigados, por temor de las grandes tempestades que continuamente en aquella tierra suele haber. El edificio es de paja, y están cercados de muy espeso monte y grandes arboledas y muchos piélagos de agua, donde hay tantos y tan grandes árboles caídos, que embarazan, y son causa que no se puede por allí andar sin mucho trabajo y peligro.

Capítulo VII

De la manera que es la tierra

La tierra, por mayor parte, desde donde desembarcamos hasta este pueblo y tierra de Apalache, es llana; el suelo, de arena y tierra firme; por toda ella hay muy grandes árboles y montes claros, donde hay nogales y laureles, y otros que se llaman liquidámbares, cedros, sabinas y encinas y pinos y robles, palmitos bajos, de la manera de los de Castilla[15]. Por toda ella hay muchas lagunas grandes y pequeñas, algunas muy trabajosas de pasar, parte por la mucha hondura, parte por tantos árboles como por ellas están caídos. El suelo de ellas es de arena, y las que en la comarca de Apalache hallamos son muy mayores que las de hasta allí. Hay en esta provincia muchos maizales, y las casas están tan esparcidas por el campo, de la manera que están las de los Gelves. Los animales que en ellas vimos, son: venados de tres maneras, conejos y liebres, osos y leones, y otras salvajinas, entre los cuales vimos un animal que trae los hijos en una bolsa que en la barriga tiene; y todo el tiempo que son pequeños los trae allí, hasta que saben buscar de comer; y si acaso están fuera buscando de comer, y acude gente, la ma-

---

[15] Nueve tipos de árboles y arbustos enumerados en sucesión. Este tipo de descripciones ya sea la de etnografía, flora, o fauna han hecho hasta el presente de los *Naufragios* el primer testimonio escrito de las mencionadas tierras del suroeste de Estados Unidos. Sin embargo, gran parte de la información presentada por Cabeza de Vaca no concuerda con la presentada por otros exploradores contemporáneos. Cabe preguntarse si dicha información no es más que un recurso literario para resaltar la importancia por él realizada en el Nuevo Mundo.

dre no huye hasta que los ha recogido en su bolsa[16]. Por allí la tierra es muy fría; tiene muy buenos pastos para ganados; hay aves de muchas maneras, ansares en gran cantidad, patos, ánades, patos reales, dorales y garzotas y garzas, perdices; vimos muchos halcones, neblís, gavilanes, esmerejones[17] y otras muchas aves. Dos horas después que llegamos a Apalache, los indios que allí habían huido vinieron a nosotros de paz, pidiéndonos a sus mujeres y hijos, y nosotros se los dimos, salvo que el gobernador detuvo un cacique de ellos consigo, que fue causa por donde ellos fueron escandalizados; y luego otro día volvieron en pie de guerra, y con tanto denuedo y presteza nos acometieron, que llegaron a nos poner fuego a las casas en que estábamos; mas como salimos, huyeron, y acogiéronse a las lagunas, que tenían muy cerca; y por esto, y por los grandes maizales que había, no les pudimos hacer daño, salvo a uno que matamos. Otro día siguiente, otros indios de otro pueblo que estaba de la otra parte vinieron a nosotros y acometiéronnos de la misma arte que los primeros y de la misma manera se escaparon, y también murió uno de ellos. Estuvimos en este pueblo veinte y cinco días, en que hicimos tres entradas por la tierra y hallámosla muy pobre de gente y muy mala de andar, por los malos pasos y montes y lagunas que tenía. Preguntamos al cacique que les habíamos detenido, y a los otros indios que traíamos con nosotros, que eran vecinos y enemigos de ellos, por la manera y población de la tierra, y la calidad de la gente, y por los bastimentos y todas las otras cosas de ella. Respondiéronnos cada uno por sí, que el mayor pueblo de toda aquella tierra era aquel Apalache, y que adelante había menos gente y muy más pobre que ellos, y que la tierra era mal poblada y los moradores de ella muy repartidos; y que yendo adelante, había

---

[16] Zarigüeya.
[17] Esmerejón: ave rapaz diurna del mismo genero que el alcotán y el cernícalo.

grandes lagunas y espesura de montes y grandes desiertos y despoblados[18]. Pregutámosles luego por la tierra que estaba hacia el sur, qué pueblos y mantenimientos tenía. Dijeron que por aquella vía, yendo a la mar nueve jornadas, había un pueblo que llamaban Aute, y los indios de él tenían frisoles y calabazas, y que por estar tan cerca de la mar alcanzaban pescados, y que estos eran amigos suyos. Nosotros, vista la pobreza de la tierra, y las malas nuevas que de la población y de todo lo demás nos daban, y como los indios nos hacían continua guerra hiriéndonos la gente y los caballos en los lugares donde íbamos a tomar agua, y esto desde las lagunas, y tan a salvo, que no los podíamos ofender, porque metidos en ellas nos flechaban, y mataron un señor de Tezcuco que se llamaba don Pedro, que el comisario llevaba consigo, acordamos de partir de allí, y ir a buscar la mar y aquel pueblo de Aute que nos habían dicho; y así nos partimos al cabo de veinte y cinco días que allí habíamos llegado. El primero día pasamos aquellas lagunas y pasos sin ver indio ninguno, mas al segundo día llegamos a una laguna de muy mal paso, porque daba el agua a los pechos y había en ella muchos árboles caídos. Ya que estábamos en medio de ella nos acometieron muchos indios que estaban escondidos detrás de los árboles porque no les viésemos; otros estaban sobre los caídos, y comen-

---

[18] Si se compara la información vertida en estas líneas con la que presenta el Inca Garcilaso de la Vega se llegará a la conclusión de que se están describiendo dos tierras completamente diferentes. «En conclusión para que se vea la abundancia y fertilidad de la provincia de Apalache, decimos que todo el ejército de los españoles con los indios que llevaban de servicio, que por todos eran más de mil y quinientas personas y más de trescientos caballos, en cinco meses, y más que estuvieron invernando en este alojamiento, se sustentaron con la comida que al principio recogieron...», Inca Garcilaso de la Vega, *La Florida del Inca*, pág. 183 (véase Bibliografía). Es muy extraño que no se mencionen «el lagarto» o «alligator» (corrupción inglesa de la palabra anterior), o los pavos, animales tan abundantes por esa zona.

záronnos a flechar de manera, que nos hirieron muchos hombres y caballos, y nos tomaron, la guía que llevábamos, antes que de la laguna saliésemos, y después de salidos de ella, nos tornaron a seguir, queriéndonos estorbar el paso; de manera que no nos aprovechaba salirnos afuera ni hacernos más fuertes y querer pelear con ellos, que se metían luego en la laguna, y desde allí nos herían la gente y caballos. Visto esto, el gobernador mandó a los de caballo que se apeasen y les acometiesen a pie. El contador se apeó con ellos, y así los acometieron, y todos entraron a vueltas en una laguna, y así les ganamos el paso. En esta revuelta hubo algunos de los nuestros heridos, que no les valieron buenas armas que llevaban; y hubo hombres este día que juraron que habían visto dos robles, cada uno de ellos tan grueso como la pierna por bajo pasados, de parte a parte de las flechas de los indios; y esto no es tanto de maravillar, vista la fuerza y maña con que las echan; porque yo mismo vi una flecha en un pie de un álamo, que entraba por él un geme[19]. Cuantos indios vimos desde la Florida aquí todos son flecheros; y como son tan crecidos de cuerpo y andan desnudos, desde lejos parecen gigantes. Es gente a maravilla bien dispuesta, muy enjutos y de muy grandes fuerzas y ligereza. Los arcos que usan son gruesos como el brazo, de once a doce palmos de largo, que flechan a doscientos pasos con tan gran tiento, que ninguna cosa yerran. Pasados que fuimos de este paso, de ahí a una legua llegamos a otro de la misma manera, salvo que por ser tan larga, que duraba media legua, era muy peor: éste pasamos libremente y sin estorbo de indios; que como habían gastado en el primero toda la munición que de flechas tenían, no quedó con que osarnos acometer. Otro día siguiente, pasando otro semejante paso, yo hallé rastro de gente que iba delan-

---

[19] Geme: distancia que hay desde el dedo pulgar hasta el índice con la mano separada todo lo posible.

te, y di aviso de ello al gobernador, que venía en la retaguardia; y así, aunque los indios salieron a nosotros, como íbamos apercibidos, no nos pudieron ofender; y salidos a lo llano, fuéronos todavía siguiendo; volvimos a ellos por dos partes, y matámosles dos indios, y hiriéronme a mí y dos o tres cristianos; y por acogérsenos al monte no les pudimos hacer más mal ni daño. De esta suerte caminamos ocho días, y desde este paso que he contado, no salieron más indios a nosotros hasta una legua adelante, que es lugar donde he dicho que íbamos. Allí, yendo nosotros por nuestro camino, salieron indios, y sin ser sentidos, dieron en la retaguardia, y a los gritos que dio un muchacho de un hidalgo, que se llamaba Avellaneda, el Avellaneda volvió, y fue a socorrerlos, y los indios le acertaron una flecha por el canto de las corazas, y fue tal la herida, que pasó casi toda la flecha por el pescuezo, y luego allí murió y lo llevamos hasta Aute. En nueve días de camino, desde Apalache hasta allí, llegamos. Y cuando fuimos llegados, hallamos toda la gente de él, ida, y las casas quemadas, y mucho maíz y calabazas y frisoles, que ya estaba para empezarse a coger. Descansamos allí dos días, y estos pasados, el gobernador me rogó que fuese a descubrir la mar, pues los indios decían que estaba tan cerca de allí; ya en este camino la habíamos descubierto por un río muy grande que en él hallamos, a quien habíamos puesto por nombre el río de la Magdalena. Visto esto, otro día siguiente yo me partí a descubrirla, juntamente con el comisario y el capitán Castillo y Andrés Dorantes y otros siete de caballo y cincuenta peones, y caminamos hasta hora de vísperas, que llegamos a un ancón o entrada de la mar, donde hallamos muchos ostiones, con que la gente holgó; y dimos muchas gracias a Dios por habernos traído allí. Otro día de mañana envié veinte hombres a que conociesen la costa y mirasen la disposición de ella, los cuales volvieron al otro día en la noche, diciendo que aquellos ancones y bahías eran muy grandes y entraban tanto por la tierra adentro, que estorbaban mucho para descubrir lo que queríamos, y que la costa estaba muy lejos de allí. Sabidas estas nuevas y vista la nueva disposición y aparejo que para descubrir la costa por allí había, yo me volví al gobernador, y cuando llegamos, hallámosle enfermo con otros muchos, y la noche pasada los indios habían dado en ellos y puéstolos en grandísimo trabajo, por la razón de la enfermedad que les había sonbrevenido; también les habían muerto un caballo. Yo di cuenta de lo que había hecho y de la mala disposición de la tierra. Aquel día nos detuvimos allí.

Capítulo VIII

Cómo partimos de Aute

Otro día siguiente partimos de Aute, y caminamos todo el día hasta llegar donde yo había estado. Fue camino en extremo trabajoso, porque ni los caballos bastaban a llevar los enfermos, ni sabíamos qué remedio poner, porque cada día adolecían; que fue cosa de muy gran lástima y dolor ver la necesidad y trabajo en que estábamos. Llegados que fuimos, visto el poco remedio que para ir adelante había, porque no había dónde, ni aunque lo hubiera, la gente pudiera pasar adelante, por estar los más enfermos, y tales, que pocos había de quien se pudiese haber algún provecho.

Dejo aquí de contar esto más largo[20], porque cada uno puede pensar lo que se pasaría en tierra tan extraña y tan mala, y tan sin ningún remedio de ninguna cosa, ni para estar ni para salir de ella. Mas como el más cierto remedio sea Dios nuestro Señor, y de este nunca desconfiamos, sucedió otra cosa que agravaba más que todo esto, que entre la gente de caballo se comenzó la mayor parte de ellos a ir secretamente, pensando hallar ellos por sí remedio, y desamparar al gobernador y a los enfermos, los cuales estaban sin algunas fuerzas y poder. Mas, como entre ellos había muchos hijosdalgo y hombres de buena suerte, no quisieron que esto pasase sin dar parte al gobernador y a los oficiales de Vuestra Majestad; y como les afeamos su propósito, y les pusimos delante el tiempo en que desamparaban a

---

[20] «Dejo de contar...» Excelente técnica narrativa donde el lector puede dar rienda suelta a su imaginación. Cabeza de Vaca utilizará este recurso intermitentemente a lo largo de su narración.

su capitán y los que estaban enfermos y sin poder, y apartarse sobre todo el servicio de Vuestra Majestad, acordaron de quedar, y que lo que fuese de uno fuese de todos, sin que ninguno desamparase a otro. Visto esto por el gobernador, los llamó a todos y a cada uno por sí, pidiendo parecer de tan mala tierra, para poder salir de ella y buscar algún remedio, pues allí no lo había, estando la tercia de parte de la gente con gran enfermedad, y creciendo esto a cada hora, que teníamos por cierto todos lo estaríamos así; de donde no se podía seguir sino la muerte, que por ser en tal parte se nos hacía más grave; y vistos estos y otros muchos inconvenientes, y tentados muchos remedios, acordamos en uno harto difícil de poner en obra, que era hacer navíos en que nos fuésemos. A todos parecía imposible, porque nosotros no los sabíamos hacer, ni había herramienta, ni hierro, ni fragua, ni estopa, ni pez, ni jarcias, finalmente, ni cosa ninguna de tantas como son menester, ni quien supiese nada para dar industria en ello, y sobre todo, no haber qué comer entretanto que se hiciesen, y los que habían de trabajar del arte que habíamos dicho[21]. Considerando todo esto, acordamos de pensar en ello más de espacio, y cesó la plática aquel día, y cada uno se fue encomendándolo, a Dios nuestro Señor, que lo encaminase por donde Él fuese más servido. Otro día quiso Dios que uno de la compañía vino diciendo que él haría unos cañones de palo, y con unos cueros de venado se harían unos fuelles, y como estábamos en tiempo que cualquiera cosa que tuviese alguna sobrehaz de remedio, nos parecía bien, dijimos que se pusiese por obra. Acordamos de hacer de los estribos y espuelas y ballestas, y de las otras cosas de hierro que había, los clavos y sierras y hachas, y otras herramientas, de que tanta necesidad había para ello. Dimos por remedio que para haber

---

[21] Este tipo de enumeraciones, no solo indican conocimiento en la materia sino que acreditan de alguna forma la veracidad de lo narrado.

algún mantenimiento en el tiempo que esto se hiciese se hiciesen cuatro entradas en Aute con todos los caballos y gente que pudiesen ir, y que a tercero día se matase un caballo, el cual se repartiese entre los que trabajaban en la obra de las barcas y los que estaban enfermos. Las entradas se hicieron con la gente y caballos que fue posible, y en ellas se trajeron hasta cuatrocientas hanegas de maíz, aunque no sin contienda y pendencias con los indios. Hicimos coger muchos palmitos para aprovecharnos de la lana y cobertura de ellos, torciéndola y aderezándola para usar en lugar de estopa para las barcas; las cuales se comenzaron a hacer con un solo carpintero que en la compañía había, y tanta diligencia pusimos, que, comenzándolas a cuatro días de agosto, a veinte días del mes de septiembre eran acabadas cinco barcas, de a veinte y dos codos cada una, calafateadas con las estopas de los palmitos, y breárnoslas con cierta pez de alquitrán que hizo un griego llamado don Teodoro, de unos pinos. De la misma ropa de los palmitos, y de las colas y crines de los caballos, hicimos cuerdas y jarcias, y de las nuestras camisas velas, y de las sabinas que allí había, hicimos los remos que nos pareció que era menester. Tal era la tierra en que nuestros pecados nos habían puesto, que con muy gran trabajo podíamos hallar piedras para lastre y anclas de las barcas, ni en toda ella habíamos visto ninguna. Desollamos también las piernas de los caballos enteras, y curtimos los cueros de ellas para hacer botas en que llevásemos el agua. En este tiempo algunos andaban cogiendo mariscos por los rincones de las entradas de la mar, en que los indios, en dos veces que dieron en ellos, nos mataron diez hombres a vista del real, sin que los pudiésemos socorrer, los cuales hallamos de parte a parte pasados con las flechas. Aunque algunos tenían buenas armas, no bastaron a resistir para que esto no se hiciese, por flechar con tanta destreza y fuerza como arriba he dicho. A dicho y juramento de nuestros pilotos, desde la bahía, que pusimos nombre de la Cruz, hasta aquí anduvimos doscientas y ochenta leguas, poco más o menos. En toda la tierra no vimos sierra ni tuvimos noticias de ella en ninguna manera; y antes que nos embarcásemos, sin los que los indios nos mataron, se murieron más de cuarenta hombres de enfermedad y hambre. A veinte y dos días del mes de septiembre se acabaron de comer los caballos, que sólo uno quedó, y este día nos embarcamos por esta orden: que en la barca del gobernador iban cuarenta y nueve hombres; en otra que dio al contador y comisario iban otros tantos; la tercera dio al capitán Alonso del Castillo, y Andrés Dorantes, con cuarenta y ocho hombres, otra dio a dos capitanes, que se llamaban Téllez y Peñalosa, con cuarenta y siete hombres. La otra dio al veedor y a mí con cuarenta y nueve hombres, y después de embarcados los bastimentos, la ropa, no quedó a las barcas más que un geme de bordo fuera del agua, y allende de esto, íbamos tan apretados, que no nos podíamos menear; y tanto puede la necesidad, que nos hizo aventurar a ir de esta manera, y meternos en una mar tan trabajosa, y sin tener noticia de la arte del marear ninguno de los que allí iban.

Capítulo IX

Cómo partimos de bahía de Caballos

Aquella bahía de donde partimos ha por nombre la bahía de Caballos, y anduvimos siete días por aquellos ancones, entrados en el agua hasta la cinta, sin señal de ver ninguna cosa de costa, y al cabo de ellos llegamos a una isla que estaba cerca de la tierra. Mi barca iba delante, y de ella vimos venir cinco canoas de indios, los cuales las desampararon y nos las dejaron en las manos, viendo que íbamos a ellas; las otras barcas pasaron adelante, y dieron en unas casas de la misma isla, donde hallamos muchas lizas[22] y huevos de ellas, que estaban secas; que fue muy gran remedio para la necesidad que llevábamos. Después de tomadas, pasamos adelante, y dos leguas de allí pasamos un estrecho que la isla con la tierra hacía, al cual llamamos de San Miguel por haber salido en su día por él; y salidos llegamos a la costa, donde, con las cinco canoas que yo había tomado a los indios, remediamos algo de las barcas, haciendo falcas[23] de ellas, y añadiéndolas; de manera que subieron dos palmos de bordo sobre el agua; y con esto tornamos a caminar por luengo de costa de vía del río de Palmas, creciendo cada día la sed y la hambre, porque los bastimentos eran muy pocos y iban muy al cabo, y el agua se nos acabó, porque las botas que hicimos de las piernas de los caballos

---

[22] El autor probablemente se está refiriendo a la «lisa», no obstante, de ser un pez de agua dulce.
[23] Tabla de madera delgada que se coloca de canto, y de popa a proa, sobre la borda de las embarcaciones menores para que no entre el agua. Real Academia Española (en adelante RAE), *Diccionario*.

luego fueron podridas y sin ningún provecho. Algunas veces entramos por ancones y bahías que entraban mucho por la tierra adentro; todas las hallamos bajas y peligrosas; y así anduvimos por ellas treinta días, donde algunas veces hallábamos indios pescadores, gente pobre y miserable. Al cabo ya de estos treinta días, que la necesidad del agua era en extremo, yendo cerca de la costa, una noche sentimos venir una canoa, y como la vimos esperamos que llegase, y ella no quiso hacer cara; y aunque la llamamos; no quiso volver ni aguardarnos, y por ser de noche no la seguimos, y fuímonos nuestra vía. Cuando amaneció vimos una isla pequeña, y fuimos a ella por ver si hallaríamos agua; mas nuestro trabajo fue en balde, porque no la había. Estando allí surtos, nos tomó una tormenta muy grande, porque nos detuvimos seis días sin que osásemos salir a la mar; y como había cinco días que no bebíamos, la sed fue tanta, que nos puso en necesidad de beber agua salada, y algunos se desatentaron tanto en ello, que súbitamente se nos murieron cinco hombres. Cuento esto así brevemente[24], porque no creo que haya necesidad de particularmente contar las miserias y trabajos en que nos vimos; pues considerando el lugar donde estábamos y la poca esperanza de remedio que teníamos, cada uno puede pensar mucho de lo que allí pasaría. Como vimos que la sed crecía y el agua nos mataba, aunque la tormenta no era cesada, acordamos de encomendarnos a Dios nuestro Señor, y aventurarnos antes al peligro de la mar que esperar la certinidad de la muerte que la sed nos daba. Así, salimos la vía donde habíamos visto la canoa la noche que por allí veníamos; y en este día nos vimos muchas veces anegados, y tan perdidos, que ninguno hubo que no tuviese por cierta la muerte. Plugo a nuestro Señor, que en las mayores necesidades suele mostrar su fa-

---

[24] Nueva invitación al lector a que dispare su imaginación. Contrasta por otra parte con la minuciosa exposición de datos y fechas.

vor, que a puesta del Sol volvimos una punta que la tierra hace, adonde hallamos mucha bonanza y abrigo. Salieron a nosotros muchas canoas, y los indios que en ellas venían nos hablaron, y sin quereno aguardar, se volvieron. Era gente grande y bien dispuesta, y no traían flechas ni arcos. Nosotros les fuimos siguiendo hasta sus casas, que estaban cerca de allí a la lengua del agua, y saltamos en tierra, y delante de las casas hallamos muchos cántaros de agua y mucha cantidad de pescado guisado, y el señor de aquellas tierras ofreció todo aquello al gobernador, y tomándolo consigo, lo llevó a su casa. Las casas de éstos eran de esteras, que a lo que pareció eran estantes; y después que entramos en casa del cacique, nos dio mucho pescado, y nosotros le dimos del maíz que traíamos, y lo comieron en nuestra presencia, y nos pidieron más, y se lo dimos, y el gobernador le dio muchos rescates; el cual estando con el cacique en su casa, a media hora de la noche, súbitamente los indios dieron en nosotros y en los que estaban muy malos echados en la costa, y acometieron también la casa del cacique, donde el gobernador estaba, y lo hirieron de una piedra en el rostro. Los que allí se hallaron prendieron al cacique; mas como los suyos estaban tan cerca, soltóseles y dejóles en las manos una manta de martas cebelinas, que son las mejores que creo yo que en el mundo se podrían hallar, y tienen un olor que no parece sino de ámbar y almizcle, y alcanza tan lejos, que de mucha cantidad se siente; otras vimos allí mas ningunas eran tales como éstas[25]. Los que allí se hallaron, viendo al gobernador herido, lo metimos en la barca, e hicimos que con él se recogiese toda

---

[25] No es gratuita la inserción de estas pieles dentro del contexto de los bienes mencionados y potencialmente explotables de las tierras donde pasaron: oro, plata, esmeraldas, perlas, etc. Representa un elemento exótico dentro de la narración que rompe la monotonía del relato —de una manera un tanto forzada—, beneficiando a su vez el propósito final de su autor.

la más gente a sus barcas, y quedamos hasta cincuenta en tierra para contra los indios, que nos acometieron tres veces aquella noche, y con tanto ímpetu, que cada vez nos hacían retraer más de un tiro de piedra. Ninguno hubo de nosotros que no quedase herido, y yo lo fui en la cara; y si como se hallaron pocas flechas, estuvieran más proveídos de ellas, sin duda nos hicieran mucho daño. La última vez se pusieron en celada los capitanes. Dorantes y Peñalosa y Téllez con quince hombres, y dieron en ellos por las espaldas, y de tal manera les hicieron huir, que nos dejaron. Otro día de mañana yo les rompí más de treinta canoas, que nos aprovecharon para un norte que hacía, que por todo el día hubimos de estar allí con mucho frío, sin osar entrar en la mar, por la mucha tormenta que en ella había. Esto pasado, nos tornamos a embarcar, y navegamos tres días; y como habíamos tomado poca agua, y los vasos que teníamos para llevar asimismo eran pocos, tornamos a caer en la primera necesidad; y siguiendo nuestra vía, entramos por un estero, y estando en él vimos venir una canoa de indios. Como los llamamos, vinieron a nosotros, y el gobernador, a cuya barca habían llegado, pidióles agua, y ellos la ofrecieron con que les diesen en qué la trajesen, y un cristiano griego, llamado Doroteo Teodoro (de quien arriba se hizo mención), dijo que quería ir con ellos. El gobernador y otros se lo procuraron estorbar mucho, y nunca lo pudieron, sino que en todo caso quería ir con ellos; así se fue y llevó consigo un negro, y los indios dejaron en rehenes dos de su compañía[26].

---

[26] Además de los consabidos cuatro, existe otro potencial superviviente de la expedición de Narváez del que nunca se ha hablado, que sí llegaría a Pánuco y que, por lo que parece, siguió allí al menos hasta 1548. Se trata del griego Teodoro que aparece citado en dos ocasiones en *Naufragios*. Según la obra de Cabeza de Vaca, por alguna razón que desconocemos, el griego Teodoro decide quedarse en compañía de los indios de la costa de Texas junto con su esclavo negro, en vez de seguir con el grupo de Narváez. No sabemos qué tuvo que pasar entre los miembros de la expedición de Narváez para que este hombre decidiese arriesgar su vida

A la noche volvieron los indios y trajéronnos muchos vasos sin agua, y no trajeron los cristianos que habían llevado; y los que habían dejado por rehenes, como los otros los hablaron, quisiéronse echar al agua. Mas los que en la barca estaban los detuvieron; y así, se fueron huyendo los indios de la canoa, y nos dejaron muy confusos y tristes por haber perdido aquellos dos cristianos.

---

quedándose con los indios antes que con los españoles. En un documento del 14 de septiembre de 1548 del Archivo General de Indias, firmado por el príncipe Felipe, nos volvemos a encontrar con un griego llamado «Teodor» residente en Pánuco que pide licencia para pasar a las Indias dos esclavos negros: «Por la presente doy liçençia y facultada a vos Teodor griego vezino de panuco de la nueva españa para que de estos reynos y señorios podays pasar y paseys a las yndias islas y tierra firme del mar océano dos esclavos negros para serviçio de vra persona y casa» (Indiferente, 424, L. 21, fol. 239v). Las posibilidades de que nos estemos refiriendo a la misma persona son muchas. Una vez más se pone en entredicho la decisión de Cabeza de Vaca y sus compañeros de ir hacia el oeste y se desmontan en gran medida los argumentos de Álvar Núñez de no seguir hacia Pánuco.

Capítulo X

De la refriega que nos dieron los indios

Venida la mañana, vinieron a nosotros muchas canoas de indios, pidiéndonos los dos compañeros que en la barca habían quedado por rehenes. El gobernador dijo que se los daría con que trajesen los dos cristianos que habían llevado. Con esta gente venían cinco o seis señores, y nos pareció ser la gente más bien dispuesta y de más autoridad y concierto que hasta allí habíamos visto, aunque no tan grandes como los otros de quien habemos contado. Traían los cabellos sueltos y muy largos, y cubiertos con mantas de martas, de la suerte de las que atrás habíamos tomado, y algunas de ellas hechas por muy extraña manera, porque en ella había unos lazos de labores de unas pieles leonadas, que parecían muy bien. Rogábannos que nos fuésemos con ellos y que nos darían los cristianos y agua y otras muchas cosas; y con tino acudían sobre nosotros muchas canoas, procurando tomar la boca de aquella entrada; y así por esto, como porque la tierra era muy peligrosa para estar en ella, nos salimos a la mar, donde estuvimos hasta mediodía con ellos. Y como no nos quisiesen dar los cristianos, y por este respecto nosotros no les diésemos los indios, comenzáronnos a tirar piedras con hondas, y varas, con muestras de flechamos, aunque en todos ellos no vimos sino tres o cuatro arcos.

Estando en esta contienda el viento refrescó, y ellos se volvieron y nos dejaron; y así navegamos aquel día, hasta hora de vísperas, que mi barca que iba delante, descubrió una punta en la tierra y del otro cabo se veía un río muy grande, y en una isleta que hacía la punta hice yo surgir por esperar las otras barcas. El gobernador no quiso llegar[27]; antes se metió por una bahía muy cerca de allí, en que había muchas isletas, y allí nos juntamos, y desde la mar tomamos agua dulce, porque el río entraba en la mar de avenida, y por tostar algún maíz de lo que traíamos, porque ya había dos días que lo comíamos crudo, saltamos en aquella isla; mas como no hallamos leña, acordamos de ir al río que estaba detrás de la punta, una legua de allí. Yendo, era tanta la corriente, que no nos dejaba en ninguna manera llegar, antes nos apartaba de la tierra, y nosotros trabajando y porfiando por tomarla. El norte que venía de la tierra comenzó a crecer tanto, que nos metió en la mar, sin que nosotros pudiésemos hacer otra cosa; y a media legua que fuimos metidos en ella, sondeamos, y hallamos que con treinta brazas no pudimos tomar hondo, y no podíamos entender si la corriente era causa que no lo pudiésemos tomar. Así navegamos dos días todavía, trabajando por tomar tierra, y al cabo de ellos, un poco antes que el Sol saliese, vimos muchos humeros por la costa. Trabajando por llegar allá, nos hallamos en tres brazas de agua, y por ser de noche no osamos tomar tierra, porque como habíamos visto tantos humeros, creíamos que se nos podía recrecer algún peligro sin nosotros poder ver, por la mucha oscuridad, lo que habíamos de hacer, y por esto determinamos de esperar a la mañana siguiente. Como amaneció, cada barca se halló por sí perdida de las otras; yo me hallé en treinta brazas, y siguiendo mi viaje a hora de vísperas vi dos barcas, y como fui a ellas, vi que la primera a que llegué era la del gobernador, el cual me preguntó qué me parecía que debíamos hacer. Yo[28] le dije que debía recobrar aquella barca que iba delante, y que en ninguna manera la dejase, y que juntas

---

[27] Se pone en entredicho la actitud del gobernador Pánfilo de Narváez.

[28] El «yo» de Álvar Núñez Cabeza de Vaca pasa a ser el eje central de la narración. Todo el relato se centrará a partir de este momento en su persona.

todas tres barcas, siguiésemos nuestro camino donde Dios nos quisiese llevar. Él me respondió que aquello no se podía hacer, porque la barca iba muy metida en el mar y él quería tomar la tierra, y que si la quería yo seguir, que hiciese que los de mi barca tomasen los remos y trabajasen, porque con fuerza de brazos se había de tomar la tierra, y esto le aconsejaba un capitán que consigo llevaba, se llamaba Pantoja, diciéndole que si aquel día no tomaba la tierra, que en otros seis no la tomaría, y en este tiempo era necesario morir de hambre. Yo, vista su voluntad, tomé mi remo, y lo mismo hicieron todos los que en mi barca estaban para ello, y bogamos hasta casi puesto el Sol; mas como el gobernador llevaba la más sana y recia gente que entre toda había, en ninguna manera lo pudimos seguir ni tener con ella[29]. Yo, como vi esto, le pedí que, para poderle seguir, me diese un cabo de su barca, y él me respondió que no harían ellos poco si solos aquella noche pudiesen llegar a tierra. Yo le dije que, pues vía la poca posibilidad que en nosotros había para poder seguirle y hacer lo que había mandado, que me dijese qué era lo que mandaba que yo hiciese. Él me respondió que ya no era tiempo de mandar unos a otros; que cada uno hiciese lo que mejor le pareciese que era para salvar la vida; que él así lo entendía de hacer, y di-

---

29 «Dice Álvar Núñez que no podían seguir la barca de Narváez porque «el gobernador llevaba la más sana y recia gente que entre toda había». Es interesante esta mención porque, a lo largo del viaje que hacen con estas barcas por la costa de Texas, es siempre la barca de Álvar Núñez la que va la primera. Lo que quiero decir es que Cabeza de Vaca utiliza a su favor, según el momento y las circunstancias, lo que le conviene para el propósito de su narración. Veamos algunos ejemplos: *«Mi barca iba delante* [escribe Álvar Núñez], y de ella vimos venir cinco canoas de indios, los cuales las desampararon y nos las dejaron en las manos, viendo que íbamos a ellas...» (cap. IX, pág. 107). En otro ejemplo encontramos: «y así navegamos aquel día, hasta hora de vísperas, que *mi barca que iba delante,* descubrió una punta que la tierra y del otro cabo se veía un río muy grande, y en una isleta que hacía la punta hice yo surgir por esperar las otras barcas (cap. X, págs. 112-113).

114

ciendo esto, se alargó con su barca, y como no le pude seguir[30], arribé sobre la otra barca que iba metida en la mar, la cual me esperó; y llegado a ella, hallé que era la que llevaban los capitanes Peñalosa y Téllez. Así, navegamos cuatro días en compañía, comiendo por tasa cada día medio puño de maíz crudo. A cabo de estos cuatro días nos tomó una tormenta, que hizo perder la otra barca, y por gran misericordia que Dios tuvo de nosotros no nos hundimos del todo, según el tiempo hacía; y con ser invierno, y el frío muy grande, y tantos días que padecíamos hambre, con los golpes que de la mar habíamos recibido, otro día la gente comenzó mucho a desmayar, de tal manera, que cuando el Sol se puso, todos los que en mi barca venían estaban caídos en ella unos sobre otros, tan cerca de la muerte, que pocos había que tuviesen sentido, y entre todos ellos a esta hora no había cinco hombres en pie. Cuando vino la noche no quedamos sino el maestre y yo que pudiésemos marear la barca, y a dos horas de la noche el maestre me dijo que yo tuviese cargo de ella, porque él estaba tal, que creía aquella noche morir. Así, yo lo tomé el leme[31], y pasada media noche, yo llegué por ver si era muerto el maestre, y él me respondió que él antes estaba mejor y que él gobernaría hasta el día. Yo cierto aquella hora de muy mejor voluntad tomara la muerte, que no ver tanta gente delante de mí de tal manera.

Y después que el maestre tomó cargo de la barca, yo reposé un poco muy sin reposo, ni había cosa más lejos de mí entonces que el sueño. Y acerca del alba parecióme que oía el tumbo del mar, porque, como la costa era baja, sonaba mucho, y con este sobresalto llamé al maestre, el cual me respondió que creía que éramos cerca de tierra, y tentamos

---

[30] La crítica hacía el gobernador Pánfilo de Narváez, por parte de Cabeza de Vaca, es manifiesta y a veces injustificada a lo largo de toda la obra.

[31] Leme: timón para gobernar la nave. RAE, *Diccionario*.

y hallámonos en siete brazas, y parecióle que nos debíamos tener a la mar hasta que amaneciese. Así, yo tomé un remo y bogué de la banda de la tierra, que nos hallamos una legua della, y dimos la popa a la mar. Cerca de la tierra nos tomó una ola, que echó la barca fuera del agua un juego de herradura, y con el gran golpe que dio, casi toda la gente que en ella estaba como muerta, tomó en sí, y como se vieron cerca de la tierra se comenzaron a descolgar, y con manos y pies andando. Como salieron a tierra a unos barrancos, hicimos lumbre y tostamos maíz que traíamos, y hallamos agua de la que había llovido, y con el calor del fuego la gente tomó en sí y comenzaron algo a esforzarse. El día que aquí llegamos es a sexto del mes de noviembre.

Capítulo XI

De lo que acaeció a Lope de Oviedo con unos indios

Desde que la gente hubo comido, mandé a Lope de Oviedo, que tenía más fuerza y estaba más recio que todos, se llegase a unos árboles que cerca de allí estaban, y subido en uno de ellos, descubriese la tierra en que estábamos y procurase de haber alguna noticia de ella. Él lo hizo así y entendió que estábamos en isla, y vio que la tierra estaba cavada a la manera que suele estar tierra donde anda ganado, y parecióle por esto que debía ser tierra de cristianos, y así nos lo dijo. Yo le mandé que la tornase a mirar muy más particularmente y viese si en ella había algunos caminos que fuesen seguidos, y esto sin alargarse mucho por el peligro que podía haber. Él fue, y topando con una vereda se fue por ella adelante hasta espacio de media legua, y halló unas chozas de unos indios que estaban solas, porque los indios eran idos al campo, y tomó una olla de ellos, y un perrillo pequeño y unas pocas de lizas, y así se volvió a nosotros; y pareciéndonos que se tardaba, envié a otros dos cristianos para que le buscasen y viesen qué le había sucedido. Ellos le toparon cerca de allí y vieron que tres indios, con arcos y flechas, venían tras él llamándole, y él asimismo llamaba a ellos por señas. Así llegó donde estábamos, y los indios se quedaron un poco atrás asentados en la misma ribera y después de media hora acudieron otros cien indios flecheros, que ahora ellos fuesen grandes o no, nuestro miedo les hacía parecer gigantes, y pararon cerca de nosotros, donde los tres primeros estaban. Entre nosotros excusado era pensar que habría quien se defendiese, porque difícilmente se hallaron seis que del suelo se pudiesen levantar. El veedor y yo salimos a ellos y llamámosles, y ellos se llegaron a nosotros; y lo mejor que pudimos, procuramos de asegurarlos y asegurarnos, y dímosles cuentas y cascabeles, y cada uno de ellos me dio una flecha, que es señal de amistad, y por señas nos dijeron que a la mañana volverían y nos traerían de comer, porque entonces no lo tenían.

Capítulo XII

Cómo los indios nos trajeron de comer

Otro día, saliendo el Sol, que era la hora que los indios nos habían dicho, vinieron a nosotros, como lo habían prometido, y nos trajeron mucho pescado y de unas raíces que ellos comen, y son como nueces, algunas mayores o menores; la mayor parte de ellas se sacan de bajo del agua y con mucho trabajo. A la tarde volvieron y nos trajeron más pescado y de las mismas raíces, e hicieron venir sus mujeres e hijos para que nos viesen, y así, se volvieron ricos de cascabeles y cuentas que les dimos, y otros días nos tornaron a visitar con lo mismo que otras veces. Como nosotros veíamos que estábamos proveídos de pescados y de raíces y de agua y de las otras cosas que pedimos, acordamos de tornarnos a embarcar y seguir nuestro camino, y desenterramos la barca de la arena en que estaba metida, y fue menester que nos desnudásemos todos y pasásemos gran trabajo para echarla al agua, porque nosotros estábamos tales, que otras cosas muy más livianas bastaban para ponernos en él. Así embarcados, a dos tiros de ballesta dentro en la mar, nos dio tal golpe de agua que nos mojó a todos; y como íbamos desnudos y el frío que hacía era muy grande, soltamos los remos de las manos, y a otro golpe que la mar nos dio, trastornó la barca. El veedor y otros dos se asieron de ella para escaparse; mas sucedió muy al revés, que la barca los tomó debajo y se ahogaron. Como la costa es muy brava, el mar de un tumbo echó a todos los otros, envueltos en las olas y medio ahogados, en la costa de la misma isla, sin que faltasen más de los tres que la barca había tomado debajo. Los que quedamos escapados, desnudos como nacimos y perdido todo lo que traíamos, y aunque todo valía poco, para entonces valía mucho. Y como entonces era por noviembre, y el frío muy grande, y nosotros tales que con poca dificultad nos podían contar los huesos, estábamos hechos propia figura de la muerte. De mí sé decir que desde el mes de mayo pasado yo no había comido otra cosa sino maíz tostado, y algunas veces me vi en necesidad de comerlo crudo; porque aunque se mataron los caballos entretanto que las barcas se hacían, yo nunca pude comer de ellos, y no fueron diez veces las que comí pescado. Esto digo por excusar razones, porque pueda cada uno ver qué tales estaríamos.

Y sobre todo lo dicho había sobrevenido viento norte, de suerte que más estábamos cerca de la muerte que de la vida. Plugo a nuestro Señor que, buscando tizones del fuego que allí habíamos hecho, hallamos lumbre, con que hicimos grandes fuegos. Así, estuvimos pidiendo a Nuestro Señor misericordia y perdón de nuestros pecados, derramando muchas lágrimas, habiendo cada uno lástima, no sólo de sí, mas de todos los otros, que en el mismo estado veían. Y ahora de puesto el Sol, los indios, creyendo que no nos habíamos ido, nos volvieron a buscar y a traernos de comer; mas cuando ellos nos vieron así en tan diferente hábito del primero y en manera tan extraña, espantáronse tanto que se volvieron atrás. Yo salí a ellos y llamélos, y vinieron muy espantados; hícelos entender por señas cómo se nos había hundido una barca y se habían ahogado tres de nosotros, y allí en su presencia ellos mismos vieron dos muertos, y los que quedábamos íbamos aquel camino.

Los indios, de ver el desastre que nos había venido y el desastre en que estábamos, con tanta desventura y miseria, se sentaron entre nosotros, y con el gran dolor y lástima que hubieron de vernos en tanta fortuna, comenzaron todos a llorar recio, y tan de verdad, que lejos de allí se podía oír, y esto les duró más de media hora[32]. Cierto ver que estos hombres tan sin razón y tan crudos, a manera de brutos, se dolían tanto de nosotros, hizo que en mí y en otros de la compañía creciese más la pasión y la consideración de nuestra desdicha.

Sosegado ya este llanto, yo pregunté a los cristianos, y dije que si a ellos parecía, rogaría a aquellos indios que nos llevasen a sus casas; y algunos de ellos que habían estado en la Nueva España respondieron que no se debía de hablar de ello, porque si a sus casas nos llevaban, nos sacrificarían a sus ídolos, mas, visto que otro remedio no había, y que por cualquier otro camino estaba más cerca y más cierta la muerte, no curé de lo que decían, antes rogué a los indios que nos llevasen a sus casas, y ellos mostraron que habían gran placer de ello, y que esperásemos un poco, que ellos harían lo que queríamos. Luego treinta de ellos se cargaron de leña, y se fueron a sus casas, que estaban lejos de allí, y quedamos con los otros hasta cerca de la noche, que nos tomaron, y llevándonos asidos y con mucha prisa, fuimos a sus casas. Por el gran frío que hacía, y temiendo que en el camino alguno no muriese o desmayase, proveyeron que hubiese cuatro o cinco fuegos muy grandes puestos a trechos, y en cada uno de ellos nos calentaban. Desde que veían que habíamos tomado alguna fuerza y calor, nos llevaban hasta el otro tan aprisa, que casi con los pies no nos dejaban poner en el suelo; y de esta manera fuimos hasta sus casas, donde hallamos que tenían hecha una casa para nosotros, y muchos fuegos en ella. Desde a una hora que habíamos llegado, comenzaron a bailar y hacer grande fiesta, que duró toda la noche, aunque para nosotros no había placer, fiesta ni sueño, esperando cuándo nos habían de sacrificar. Por la mañana nos tomaron a dar pescado y raíces, y hacer tan buen tratamiento, que nos aseguramos algo y perdimos algo el miedo del sacrificio.

---

[32] El dramatismo conseguido en esta escena es uno de los más logrados en toda la narración.

Capítulo XIII

Cómo supimos de otros cristianos

Este mismo día yo vi a un indio de aquéllos un rescate, y conocí que no era de los que nosotros les habíamos dado; y preguntando dónde le habían habido, ellos por señas me respondieron que se lo habían dado otros hombres como nosotros, que estaban atrás. Yo, viendo esto, envié dos cristianos y dos indios que les mostrasen aquella gente, y muy cerca de allí toparon con ellos, que también venían a buscarnos, porque los indios que allá quedaban les habían dicho de nosotros, y estos eran los capitanes Andrés Dorantes y Alonso del Castillo, con toda la gente de su barca. Y llegados a nosotros, se espantaron mucho de vernos de la manera que estábamos, y recibieron muy gran pena por no tener qué darnos; que ninguna otra ropa traían sino la que tenían vestida. Y estuvieron allí con nosotros, y nos contaron cómo a cinco de aquel mismo mes su barca había dado al través, legua y media de allí, y ellos habían escapado sin perderse ninguna cosa. Todos juntos acordamos de adobar su barca, y irnos en ella los que tuviesen fuerza y disposición para ello; los otros quedarse allí hasta que convaleciesen, para irse como pudiesen por luengo de costa, y que esperasen allí hasta que Dios los llevase con nosotros a tierras de cristianos[33]. Como lo pensamos, así nos pusimos en ello, y antes que echásemos la barca al agua, Tavera, un caballero de nuestra compañía, murió, y la barca que noso-

---

[33] Existe cierto cinismo en dejar a «la buena de Dios» a los convalecientes para que se fuesen como pudiesen, «hasta que Dios los llevase con nosotros...».

tros pensábamos llevar hizo su fin, y no se pudo sostener a sí misma, que luego fue hundida. Como quedamos del arte que he dicho, y los más desnudos, y el tiempo tan recio para caminar y pasar ríos y ancones a nado, ni tener bastimento alguno ni manera para llevarlo, determinamos de hacer lo que la necesidad pedía, que era invernar allí. Acordamos también que cuatro hombres, que más recios estaban, fuesen a Pánuco, creyendo que estábamos cerca de allí; y que si Dios nuestro Señor fuese servido de llevarnos allá, diesen aviso de cómo quedábamos en aquella isla, y de nuestra necesidad y trabajo. Estos eran muy grandes nadadores, y al uno llamaban Álvaro Fernández portugués, carpintero y marinero; el segundo se llamaba Méndez, y el tercero Figueroa, que era natural de Toledo; el cuarto Astudillo, natural de Zafra: llevaban consigo un indio que era de la isla.

Capítulo XIV

Cómo se partieron los cuatro cristianos

Partidos estos cuatro cristianos, desde a pocos días sucedió tal tiempo de fríos y tempestades, que los indios no podían arrancar las raíces, y de los cañales en que pescaban ya no había provecho ninguno, y como las casas eran tan desabrigadas, comenzóse a morir la gente. Cinco cristianos que estaban en el rancho en la costa llegaron a tal extremo, que se comieron los unos a los otros, hasta que quedó uno solo, que por ser solo no hubo quien lo comiese. Los nombres de ellos son éstos: Sierra, Diego López, Corral, Palacios, Gonzalo Ruiz. De este caso se alteraron tanto los indios, y hubo entre ellos tan gran escándalo, que sin duda si al principio ellos lo vieran, los mataran, y todos nos viéramos en grande trabajo[34]. Finalmente, en muy poco tiempo, de ochenta hombres que de ambas partes allí llegamos, quedaron vivos sólo quince. Después de muertos éstos, dio a los indios de la tierra una enfermedad de estómago, de que murió la mitad de la gente de ellos, y creyeron que nosotros éramos los que los matábamos; y teniéndolo por muy cierto, concertaron entre sí de matar a los que habíamos quedado. Ya que lo venían a poner en efecto, un indio que a mí me tenía les dijo que no creyesen que nosostros éramos los que los matábamos, porque si nosotros tal poder tuviéramos, excusáramos que no murieran tantos de nosotros como ellos veían que habían muerto sin que les pudiéramos poner re-

---

[34] Es sintomático observar que los indios se escandalizasen de ver a los «europeos» comiéndose los unos a los otros.

medio; y que ya no quedábamos sino muy pocos, y que ninguno hacía daño ni perjuicio; que lo mejor era que nos dejasen. Y quiso nuestro Señor que los otros siguiesen este consejo y parecer, y así se estorbo su propósito. A esta isla pusimos por nombre isla de Mal Hado[35]. La gente que allí hallamos son grandes y bien dispuestos; no tienen otras armas sino flechas y arcos, en que son por extremo diestros. Tienen los hombres la una teta horadada de una parte a otra, y algunos hay que tienen ambas, y por el agujero que hacen, traen una caña atravesada, tan larga como dos palmos y medio, y tan gruesa como dos dedos. Traen también horadado el labio de abajo, y puesto en él un pedazo de caña delgada como medio dedo. Las mujeres son para mucho trabajo. La habitación que en esta isla hacen es de octubre hasta fin de febrero. En su mantenimiento son las raíces que he dicho sacadas de bajo el agua por noviembre y diciembre. Tienen cañales, y no tienen más peces de para este tiempo; de ahí adelante comen las raíces. En fin de febrero van a otras partes a buscar con qué mantenerse, porque entonces las raíces comienzan a nacer, y no son buenas. Es la gente del mundo que más aman a sus hijos y mejor tratamiento les hacen[36]; y cuando acaece que a algu-

---

[35] En cuanto a la isla de «Mal Hado» Fernández de Oviedo dice al respecto: «Ni quiero consentir al Cabeza de Vaca el nombre que en su impresión da a aquella isla, que llama de Mal Hado, pues en la primera relación [Relación Conjunta] no le pusieron nombre, ni él se lo puede dar», Fernández de Oviedo, pág. 615 (véase Bibliografía). La isla de Malfado o Mal Hado es un lugar común en libros de caballería como el de *Palmerín de Oliva* o el de *Primaleón*.

[36] Son descripciones como estas las que le han valido el ser considerado por muchos como «defensor» de la causa del indígena frente a la tiranía de los opresores españoles. Indudablemente desde el punto de vista cristiano es mucho más fácil indentificarse con el mártir que con el romano, en este caso con el indio antes que con el conquistador. Es la generalización constante lo que da singularidad a sus descripciones, de ahí el uso frecuente de expresiones como «más», «mejor», o «mayor»: «nos pareció la gente más bien dispuesta y de más autoridad y conciertos, «Es la más

no se le muere el hijo lloranle los padres y los parientes, y todo el pueblo, y el llanto dura un año cumplido, que cada día por la mañana antes que amanezca comienzan primero a llorar los padres, y tras esto todo el pueblo. Esto mismo hacen al mediodía y cuando anochece; y pasado un año que los han llorado, hácenle las honras del muerto, y lávanse y límpianse del tizne que traen. A todos los difuntos lloran desta manera, salvo a los viejos, de quien no hacen caso, porque dicen que ya han pasado su tiempo y de ellos ningún provecho hay; antes ocupan la tierra y quitan el mantenimiento a los niños. Tienen por costumbre de enterrar los muertos, si no son los que entre ellos son físicos, que éstos quémanlos; y mientras el fuego arde, todos están bailando y haciendo muy gran fiesta, y hacen polvo los huesos. Pasado un año, cuando se hacen sus honras, todos se jasan[37] en ellas; y a los parientes dan aquellos polvos a beber, de los huesos en agua. Cada uno tiene una mujer, conocida. Los físicos son los hombres más libertados; pueden tener dos, y tres, y entre éstas hay muy gran amistad y conformidad. Cuando viene que alguno casa su hija, el que la toma por mujer, desde el día que con ella se casa, todo lo que matare cazando o pescando, todo lo trae la mujer a la casa de su padre, sin osar tomar ni comer alguna cosa de ello, y de casa del suegro le llevan a él de comer. En todo este tiempo el suegro ni la suegra no entran no en casa, ni él ha de entrar en casa de los suegros ni cuñados; y si acaso se toparen por alguna parte, se desvían un tiro de ballesta el uno del otro, y entretanto que así van apartándose, llevan

presta gente para un arma de cuantas yo he visto en el mundo», «Ven y oyen más y tienen más agudo sentido de cuantos hombres yo creo hay en el mundo», «Es la más hermosa caza que se podía pensar», «Esta fue la cosa del mundo que más nos alegro», «Nosotros recibíamos tanta pena de ello que no podía ser mayor», «Este puerto que decimos es el mejor del mundo», «Es la gente que más aman a sus hijos y mejor tratamiento les hacen», etc.

[37] Jasar: hacer un corte en la carne. RAE, *Diccionario*.

la cabeza baja y los ojos en tierra, puestos; porque tienen por cosa mala verse ni hablarse. Las mujeres tienen libertad para comunicar y conversar con los suegros y parientes, y esta costumbre se tiene desde la isla hasta más de cincuenta leguas por la tierra adentro.

Otra costumbre hay, y es que cuando algún hijo o hermano muere, en la casa donde muriese, tres meses no buscan de comer, antes se dejan morir de hambre, y los parientes y los vecinos les proveen de lo que han de comer. Y como en el tiempo que aquí estuvimos murió tanta gente de ellos, en las más casas había muy gran hambre, por guardar también su costumbre y ceremonia. Los que lo buscaban, por mucho que trabajaban, por ser el tiempo tan recio, no podían haber sino muy poco; y por esta causa los indios que a mí me tenían se salieron de la isla, y en unas canoas se pasaron a Tierra Firme, a unas bahías adonde tenían muchos ostiones, y tres meses del año no comen otra cosa, y beben muy mala agua. Tienen gran falta de leña, y de mosquitos muy grande abundancia. Sus casas son edificadas de esteras sobre muchas cáscaras de ostiones, y sobre ellos duermen en cueros, y no los tienen sino es acaso. Así estuvimos hasta el fin de abril, que fuimos a la costa del mar, a donde comimos moras de zarzas todo el mes, en el cual no cesan de hacer sus areitos y fiestas.

Capítulo XV

De lo que nos acaesció en la isla del Mal Hado

En aquella isla que he contado nos quisieron hacer físicos sin examinarnos ni pedirnos títulos, porque ellos curan las enfermedades soplando al enfermo, y con aquel soplo y las manos echan de él la enfermedad, y mandáronnos que hiciésemos lo mismo y sirviésemos en algo. Nosotros nos reíamos de ello, diciendo que era burla y que no sabíamos curar; y que por esto nos quitaban la comida hasta que hiciésemos lo que nos decían[38]. Y viendo nuestra porfía, un indio me dijo a mí que yo no sabía lo que decía en decir que no aprovecharía nada aquello que él sabía, que las piedras y otras cosas que se crían por los campos tienen virtud. Que él con una piedra caliente, trayéndola por el estómago, sanaba y quitaba el dolor, y que nosotros, que éramos hombres, cierto era que teníamos mayor virtud y poder. En fin, nos vimos en tanta necesidad, que lo hubimos de hacer, sin temer que nadie nos llevase por ello la pena. La manera que ellos tienen de curarse es ésta: que en viéndose enfermos, llaman a un médico, y después de curado, no sólo le dan todo lo que poseen, mas entre sus parientes buscan cosas para darle. Lo que el médico hace es dalle unas sajas adonde tiene el dolor, y chúpanles alrededor de ellas. Dan cauterios[39] de fuego, que es cosa entre ellos tenida y por muy provechosa, y yo lo he experimenta-

---

[38] El mismo Álvar Núñez reconoce que la razón por la cual comenzaron a curar fue porque «nos quitaban la comida hasta que hiciésemos lo que nos decían».

[39] Cauterio: medio empleado en cirugía para convertir los tejidos en una escara (costra). RAE, *Diccionario.*

do, y me sucedió bien de ello; y después de esto, soplan aquel lugar que les duele, y con esto creen ellos que se les quita el mal. La manera con que nosotros curamos era santiguándonos y soplarlos, y rezar un «Pater Noster» y un «Ave María», y rogar lo mejor que podíamos a Dios nuestro Señor y su misericordia que todos aquellos por quien suplicamos, luego que los santiguamos decían a los otros que estaban sanos y buenos. Por este respecto nos hacían buen tratamiento, y dejaban ellos de comer por dárnoslo a nosotros, y nos daban cueros y otras cosillas. Fue tan extremada la hambre que allí se pasó, que muchas veces estuve tres días sin comer ninguna cosa, y ellos también lo estaban y parecíame ser cosa imposible durar la vida, aunque en otras mayores hambres y necesidades me vi después, como adelante diré. Los indios que tenían a Alonso del Castillo y Andrés Dorantes, y a los demás que habían quedado vivos, como eran de otra lengua y de otra parentela, se pasaron a otra parte de la Tierra Firme a comer ostiones, y allí estuvieron hasta el primero día del mes de abril, y luego volvieron a la isla, que estaba de allí hasta dos leguas por lo más ancho del agua, y la isla tiene media legua de través y cinco en largo.

Toda la gente de esta tierra anda desnuda; solas las mujeres traen de sus cuerpos algo cubierto con una lana que en los árboles se cría. Las mozas se cubren con unos cueros de venados. Es gente muy partida de lo que tienen unos con otros. No hay entre ellos señor. Todos los que son de un linaje andan juntos. Habitan en ellas dos maneras de lenguas: a los unos llaman Capoques, y a los otros de Han; tienen por costumbre cuando se conocen y de tiempo a tiempo se ven, primero que se hablen, estar media hora llorando, y acabado esto, aquel que es visitado se levanta primero y da al otro cuanto posee, y el otro lo recibe, y de ahí a un poco se va con ello, y aun algunas veces, después de recibido, se van sin que hablen palabra. Otras extrañas costumbres tienen; mas yo he contado las más principales y más señaladas por pasar adelante y contar lo que más nos sucedió.

Capítulo XVI

Cómo se partieron los cristianos de la isla de Mal Hado

Después que Dorantes y Castillo volvieron a la isla recogieron consigo todos los cristianos, que estaban esparcidos, y halláronse por todos catorce. Yo, como he dicho, estaba en la otra parte, en Tierra Firme, donde mis indios me habían llevado y donde me habían dado tan gran enfermedad, que ya que alguna otra cosa me diera esperanza de vida, aquélla bastaba para del todo quitármela. Y como los cristianos esto supieron, dieron a un indio la manta de martas que del cacique habíamos tomado, como arriba dijimos, porque los dos quedaron tan flacos que no se atrevieron a traerlos consigo. Los nombres de los que entonces vinieron son: Alonso del Castillo, Andrés Dorantes y Diego Dorantes, Valdivieso, Estrada, Tostado, Chaves, Gutiérrez, Esturiano, clérigo; Diego de Huelva, Estebanico el Negro, Benítez. Como fueron venidos a Tierra Firme, hallaron otro que era de los nuestros, que se llamaba Francisco de León, y todos trece por luengo de costa[40]. Y luego que fueron pasados, los indios que me tenían me avisaron de ello, y cómo quedaban en la isla Hierónimo de Alainz y Lope de Oviedo. Mi enfermedad estorbó que no les pude seguir ni los vi. Yo hube de quedar con estos mismos indios de la isla más de un año, y por el mucho trabajo que me daban y mal tratamiento que me hacían, determiné de huir de ellos y irme a los que moran en los montes y Tierra Firme, que se llaman los de Charruco, porque yo no podía sufrir la vida

---

40 Memoria increíble.

que con estos otros tenía; porque, entre otros trabajos muchos, había de sacar las raíces para comer de bajo del agua y entre las cañas donde estaban metidas en la tierra. De esto traía yo los dedos tan gastados, que una paja que me tocase me hacía sangre de ellos, y las cañas me rompían por muchas partes, porque muchas de ellas estaban quebradas y había de entrar por medio de ellas con la ropa que he dicho que traía. Y por esto yo puse en obra de pasarme a los otros, y con ellos me sucedió algo mejor; y porque yo me hice mercader, procuré de usar el oficio lo mejor que supe, y por esto ellos me daban de comer y me hacían buen tratamiento y rogábanme que me fuese de unas partes a otras por cosas que ellos habían menester, porque por razón de la guerra que continuamente traen, la tierra no se anda ni se contrata tanto. Y ya con mis tratos y mercaderías entraba en la tierra adentro todo lo que quería, y por luengo de costa me alargaba cuarenta o cincuenta leguas. Lo principal de mi trato era pedazos de caracoles de la mar y corazones de ellos y conchas, con que ellos cortan una fruta que es como frísoles, con que se curan y hacen sus bailes y fiestas, y ésta es la cosa de mayor precio que entre ellos hay, y cuentas de la mar y otras cosas. Así, esto era lo que yo llevaba tierra adentro, y en cambio y trueco de ello traía cueros y almagra, con que ellos se untan y tiñen las caras y cabellos, pedernales para puntas de flechas, engrudo y cañas duras para hacerlas, y unas borlas que se hacen de pelo de venados, que las tiñen y paran coloradas; y este oficio me estaba a mí bien, porque andando en él tenía libertad para ir donde quería y no era obligado a cosa alguna, y no era esclavo, y dondequiera que iba me hacían buen tratamiento y me daban de comer por respeto de mis mercaderías, y lo más principal porque andando en ello yo buscaba por dónde me había de ir adelante, y entre ellos era muy conocido. Holgaban mucho cuando me vían y les traía lo que habían menester, y los que no me conocían me procuraban y deseaban ver por mi fama. Los trabajos que en esto pasé sería

131

largo de contarlos, así de peligros y hambres, como de tempestades y fríos, que muchos de ellos me tomaron en el campo y solo, donde por gran misericordia de Dios nuestro Señor escapé. Por esta causa yo no trataba el oficio en invierno, por ser tiempo que ellos mismos en sus chozas y ranchos metidos no podían valerse ni ampararse. Fueron casi seis años el tiempo que yo estuve en esta tierra solo entre ellos y desnudo, como todos andaban[41]. La razón por que tanto me detuve fue por llevar conmigo un cristiano que estaba en la isla, llamado Lope de Oviedo. El otro compañero de Alaniz, que con él había quedado cuando Alonso del Castillo y Andrés Dorantes con todos los otros se fueron, murió luego. Por sacarlo de allí yo pasaba a la isla cada año y le rogaba que nos fuésemos a la mejor maña que pudiésemos en busca de cristianos, y cada año me detenía diciendo que el otro siguiente nos iríamos. En fin, al cabo lo saqué y le pasé el ancón y cuatro ríos que hay por la costa, porque él no sabía nadar, y así, fuimos con algunos indios adelante

---

41 Un hombre capaz de dilatar su partida seis años para escaparse de la isla donde se encontraba esclavo solo con motivo de esperar por uno de sus compañeros tiene que ser calificado casi forzosamente como «santo». Diciendo esto el autor justifica por una parte un espacio de seis años, y por otra una actitud donde las virtudes cristianas de fe, esperanza y amor al prójimo quedarán subrayadas como parte de la imagen que de sí mismo tendrá toda la obra. Su «desnudez» así mismo, será explotada de principio a fin de la narración, de ahí que nuestra concepción visual de Álvar Núñez por los desiertos americanos sea muy próxima a la imagen tradicional de Jesucristo en la cruz. Resulta chocante que estas razones sean exactamente las contrarias de las que dará en el capítulo IV a su superior Narváez para no internarse tierra adentro. Además, las particularidades que ofrecerá sobre lo que vea tierra adentro serán mucho más superficiales que las dadas sobre los indios de la costa, como ya escribió en su momento el padre Las Casas. Si es verdad que pasaron tantos años tierra adentro, se pregunta Las Casas, ¿por qué se nos dan tan pocos datos sobre los indígenas del interior? Al contrario de lo que ocurre con los indígenas del litoral atlántico, de los que se ofrece una información mucho más rica y precisa, la presentada sobre las sofisticadas tribus del interior está narrada como «de pasada» (Casas, *Apologética,* vol. 3, lib. 3, cap. 206, 1327).

hasta que llegamos a un ancón que tiene una legua de través y es por todas partes hondo. Por lo que de él nos pareció y vimos, es el que llaman del Espíritu Santo, y de la otra parte de él vimos unos indios, que vinieron a ver a los nuestros, y nos dijeron cómo más adelante había tres hombres como nosotros, y nos dijeron los nombres de ello. Preguntándoles por los demás, nos respondieron que todos eran muertos de frío y de hambre, y que aquellos indios de adelante ellos mismos por su pasatiempo habían muerto a Diego Dorantes y a Valdivieso y a Diego de Huelva, porque se habían pasado de una casa a otra; y que los otros indios sus vecinos con quien agora estaba el capitán Dorantes, por razón de un sueño que habían soñado, habían muerto a Esquivel y a Méndez. Preguntámosles qué tales estaban los vivos, dijéronnos que muy maltratados, porque los muchachos y otros indios, que entre ellos son muy holgazanes y de mal trato, les daban muchas coces y bofetones y palos, y que ésta era la vida que con ellos tenían. Quisímonos informar de la tierra adelante y de los mantenimientos que en ella había; respondieron que era muy pobre la gente, y que en ella no había qué comer, y que morían de frío porque no tenían cueros ni con que cubrirse. Dijéronnos también si queríamos ver aquellos tres cristianos, que de ahí a dos días los indios que los tenían venían a comer nueces una legua de allí, a la vera del río. Porque viésemos que lo que nos habían dicho del mal tratamiento de los otros era verdad, estando con ellos dieron al compañero mío de bofetones y palos, y yo no quedé sin mi parte, y de muchos pellazos de lodo que nos tiraban, y nos ponían cada día las flechas al corazón, diciendo que nos querían matar como a los otros nuestros compañeros[42]. Y temiendo esto Lope de Oviedo, mi compañero, dijo que quería volverse con unas mujeres

---

[42] Son frecuentes los ejemplos de la «crueldad» de los indígenas a lo largo de la obra.

de aquellos indios, con quien habíamos pasado el ancón, que quedaban algo atrás. Yo porfié mucho con él que no lo hiciese, y pasé muchas cosas, y por ninguna vía lo pude detener, y así se volvió y yo quedé solo con aquellos indios, los cuales se llamaban quevenes, y los otros con quien él se fue se llaman deaguanes.

Capítulo XVII

Cómo vinieron los indios y trajeron a Andrés Dorantes y a Castillo y a Estebanico

Desde a dos días que Lope de Oviedo se había ido, los indios que tenían a Alonso del Castillo y Andrés Dorantes vinieron al mismo lugar que nos habían dicho, a comer de aquellas nueces de que se mantienen, moliendo unos granillos con ellas, dos meses del año, sin comer otra cosa, y aun esto no lo tienen todos los años, porque acuden uno, y otro no. Son del tamaño de las de Galicia, y los árboles son muy grandes, y hay un gran número de ellos. Un indio me avisó cómo los cristianos eran llegados, y que si yo quería verlos me hurtase y huyese a un canto de un monte que él me señaló; porque él y otros parientes suyos habían de venir a ver a aquellos indios, y que me llevarían consigo adonde los cristianos estaban. Yo me confié de ellos, y determiné de hacerlo, porque tenían otra lengua distinta de la de mis indios. Puesto por obra, otro día fueron y me hallaron en el lugar que estaba señalado; y así me llevaron consigo. Ya que llegué cerca de donde tenían su aposento. Andrés Dorantes salió a ver quién era, porque los indios le habían también dicho cómo venía un cristiano; y cuando me vio fue muy espantado, porque había muchos días que me tenían por muerto, y los indios así lo habían dicho. Dimos muchas gracias a Dios de vernos juntos, y este día fue uno de los de mayor placer que en nuestros días habernos tenido; y llegado donde Castillo estaba, me preguntaron que dónde iba. Yo le dije que mi propósito era de pasar a tierra de cristianos, y que en este rastro y busca iba. Andrés Dorantes respondió que muchos días había que él rogaba a

Castillo y a Estebanico que fuesen adelante, y que no lo osaban hacer porque no sabían nadar, y que temían mucho de los ríos y ancones por donde habían de pasar, que en aquella tierra hay muchos. Y pues Dios nuestro Señor había sido servido de guardarme entre tantos trabajos y enfermedades, y al cabo traerme en su compañía, que ellos determinaban de huir, que yo los pasaría de los ríos y ancones que topásemos[43]. Avisáronme que en ninguna manera diese a entender a los indios no conociesen de mí que yo quería pasar adelante, porque luego me matarían; y que para esto era menester que yo me detuviese con ellos seis meses, que era tiempo en que aquellos indios iban a otra tierra a comer tunas[44]. Esta es una fruta que es del tamaño de huevos, y son bermejas y negras y de muy buen gusto. Cómenlas tres meses del año, en los cuales no comen otra cosa alguna, porque al tiempo que ellos las cogían venían a ellos otros indios de adelante, que traían arcos para contratar y cambiar con ellos; y que cuando aquéllos se volviesen nos huiríamos de los nuestros, y nos volveríamos con ellos. Con este concierto yo quedé allí, y me dieron por esclavo a un indio con quien Dorantes estaba, el cual era tuerto, y su mujer y un hijo que tenía y otro que estaba en su compañía; de manera que todos eran tuertos. Estos se llaman mariames, y Castillo estaba con otros sus vecinos, llamados iguases. Y estando aquí ellos me contaron que después que salieron de la isla del Mal Hado, en la costa de la mar hallaron la barca en que iba al contador y los frailes al través; y que yendo pasando aquellos ríos, que son cuatro muy grandes y de muchas corrientes, les llevó las barcas en que

---

[43] No deja de extrañar que la causa de no pasar adelante en busca de cristianos de Durantes y Castillo, haya sido la de «no saber nadar» y que tenga que ser Álvar Núñez con cierto «cinismo mesiánico» el encargado de resolver el problema.

[44] Tuna: especie semejante a la higuera de tuna, silvestre, con más espinas y fruto de pulpa muy encarnada. RAE, *Diccionario*.

pasaban a la mar, donde se ahogaron cuatro de ellos, y que así fueron adelante hasta que pasaron el ancón[45], y lo pasaron con mucho trabajo, y a quince leguas delante hallaron otro. Cuando allí llegaron ya se les habían muerto dos compañeros en sesenta leguas que habían andado; y que todos los que quedaban estaban para lo mismo, y que en todo el camino no habían comido sino cangrejos y yerba pedrera. Llegados a este último ancón, decían que hallaron en él indios que estaban comiendo moras; y como vieron a los cristianos, se fueron de allí a otro cabo; y que estando procurando y buscando manera para pasar el ancón, pasaron a ellos un indio y un cristiano, que llegado, conocieron que era Figueroa, uno de los cuatro que habíamos enviado adelante en la isla del Mal Hado, y allí les contó cómo él y sus compañeros habían llegado hasta aquel lugar, donde se habían muerto dos de ellos y un indio, todos tres de frío y de hambre, porque habían venido y estado en el más recio tiempo del mundo, y que a él y a Méndez habían tomado los indios, y que estando con ellos, Méndez había huido yendo la vía lo mejor que pudo de Pánuco, y que los indios habían ido tras él y que lo habían muerto. Estando él con estos indios supo de ellos cómo con los mariames estaba un cristiano que había pasado de la otra parte, y lo había hallado con los que llamaban quevenes y que este cristiano era Hernando de Esquivel, natural de Badajoz, el cual venía en compañía del comisario, y que él supo de Esquivel el fin en que habían parado el gobernador y el contador y los demás, y le dijo que el contador y los frailes habían echado al través su barca entre los ríos, y viniéndose por luengo de la costa, llegó la barca del gobernador con su gente en tierra, él se fue con su barca hasta que llegaron a aquel ancón grande, y que allí tomó a tomar la gente y la pasó del otro cabo y volvió por el contador y los frailes y todos los otros. Contó

---

[45] Ancón: ensenada pequeña en que se puede fondear.

cómo estando desembarcados, el gobernador había revocado el poder que el contador tenía de lugarteniente suyo y dio el cargo a un capitán que traía consigo, que se decía Pantoja, y que el gobernador se quedó en su barca, y no quiso aquella noche salir a tierra, y quedaron con él un maestre y un paje que estaba malo, y en la barca no tenían agua ni cosa ninguna que comer; y que a media noche el norte vino tan recio, que sacó la barca a la mar, sin que ninguno la viese, porque no tenía por resón sino una piedra, y que nunca más supieron de él[46]. Visto esto, la gente que en tierra quedaron se fueron por luengo de costa, y que como hallaron tanto estorbo de agua, hicieron balsas con mucho trabajo, en que pasaron la otra parte. Yendo adelante, llegaron a una punta de un monte orilla del agua, y que hallaron indios, que como los vieron venir metieron sus casas en sus canoas y se pasaron de la otra parte a la costa; y los cristianos viendo el tiempo que era, porque era por el mes de noviembre, pararon en este monte, porque hallaron agua y leña y algunos cangrejos y mariscos, donde de frío y de hambre se comenzaron poco a poco a morir. Allende de esto, Pantoja, que por teniente había quedado, les hacía mal tratamiento, y no lo pudiendo sufrir Sotomayor, hermano de Vasco de Porcallo, el de la isla de Cuba, que en la armada había venido por maestre de campo, se revolvió con él y le dio un palo, de que Pantoja quedó muerto, y así se fueron acabando; y los que morían, los otros los hacían tasajos, y comiendo de él se mantuvo hasta primero de marzo[47], que un indio

---

[46] La muerte de Pánfilo de Narváez y su misteriosa desaparición a causa del viento a media noche no deja de ser sospechosa. Dependemos exclusivamente del testimonio del autor de la obra que nos cuenta que un tal Esquivel, muerto según Álvar Núñez por el sueño que había tenido una india, le había contado lo sucedido a otro de los supervivientes. Figueroa, del que no se vuelve a hacer mención en toda la obra «y así de mano en mano llegó a mí...».

[47] Estas escenas de canibalismo, pese a su tremendismo refuerzan enormemente la dimensión novelesca de la obra.

de los que allí habían huido vino a ver si eran muertos, y llevó a Esquivel consigo. Estando en poder de este indio, el Figueroa lo habló y supo de él todo lo que habemos contado, y le rogó que se viniese con él, para irse ambos la vía de Pánuco; lo cual Esquivel no quiso hacer, diciendo que él había sabido de los frailes que Pánuco había quedado atrás; y así se quedó allí, y Figueroa se fue a la costa adonde solía estar.

Capítulo XVIII

De la relación que dio Esquivel

Esta cuenta toda dio Figueroa por la relación que de Esquivel había sabido; y así, de mano en mano llegó a mí, por donde se puede ver y saber el fin que toda aquella armada hubo y los particulares casos que a cada uno de los demás acontecieron[48]. Y dijo más: que si los cristianos algún tiempo andaban por allí, podría ser que viesen a Esquivel, porque sabía que se había huido de aquel indio con quien estaba, a otros, que se decían los mareames, que eran allí vecinos. Y como acabo de decir, él y el asturiano se quisieran ir a otros indios que adelante estaban; mas como los indios que lo tenían lo sintieron, salieron a ellos, y diéronles muchos palos, y desnudaron al asturiano, y pasáronle un brazo con una flecha. En fin, se escaparon huyendo, y los cristianos se quedaron con aquellos indios, y acabaron con ellos que los tomasen por esclavos, aunque estando sirviéndoles fueron tan maltratados de ellos, como nunca esclavos ni hombres de ninguna suerte lo fueron. De seis que eran, no contentos con darles muchas bofetadas y apalearlos y pelarles las barbas por su pasatiempo, por solo pasar de una casa a otra mataron tres, que son los que arriba dije, Diego Dorantes y Valdivieso y Diego de Huelva, y los otros tres que quedaban esperaban parar en esto mismo[49]. Por no sufrir en esta vida,

---

48 Cabeza de Vaca da a entender que la «relación» llega a él pasando de «mano en mano»; lo cual presenta un gran margen de duda y escepticismo en cuanto a la auténtica realidad de los hechos.

49 La imagen tradicional que se tiene de Álvar Núñez Cabeza de Vaca es la del defensor del indio frente a los abusos del español. No deja de ser

Andrés Dorantes se huyó y se pasó a los mareames, que eran aquellos adonde Esquivel había parado, y ellos le contaron cómo habían tenido allí a Esquivel, y cómo estando allí se quiso huir porque una mujer había soñado que le había de matar un hijo, y los indios fueron tras él y lo mataron, y mostraron a Andrés Dorantes su espada y sus cuentas y libro[50] y otras cosas que tenía. Esto hacen éstos por una costumbre que tienen, y es que matan sus mismos hijos por sueños, y a las hijas en naciendo las dejan comer a perros, y las echan por ahí. La razón por que ellos lo hacen es, según ellos dicen, porque todos los de la tierra son sus enemigos y con ellos tienen continua guerra; y que si acaso casasen sus hijas, multiplicarían tanto sus enemigos, que los sujetarían y tomarían por esclavos; y por esta causa querían más matarlas que no que de ellas mismas naciese quien fuese su enemigo. Nosotros les dijimos que por qué no las casaban con ellos mismos. Y también entre ellos dijeron que era fea cosa casarlas a sus parientes ni a sus enemigos. Esta costumbre usan estos y otros sus vecinos, que se llaman los iguaces, solamente, sin que ningunos otros de la tierra la guarden. Y cuando éstos se han de casar, compran las mujeres a sus enemigos, y el precio que cada uno da por la suya es un arco, el mejor que puede haber, con dos flechas; si acaso no tiene arco, una red hasta una braza en ancho y otra en largo. Matan sus hijos, y mercan los ajenos; no dura el casamiento más de cuanto están contentos, y con una higa deshacen el casamiento. Dorantes estuvo con éstos, y desde a pocos días se huyó. Castillo y Estebanico se vinieron dentro de la Tierra

---

paradójico cuando él mismo presenta a los españoles esclavizados y cruelmente maltratados por los indios.

[50] Este es uno de los pasajes más insólitos de esta narración ya que los indios presentan como prueba de que el cristiano Esquivel había estado con ellos, entres otras cosas un «libro». Después de todas las penalidades que tuvieron que pasar, naufragios, hambre, frío, etc., resulta difícil imaginarse a este cristiano con su «libro y otras cosas que tenía...».

Firme a los iguaces. Toda esta gente son flecheros y bien dispuestos, aunque no tan grandes como los que atrás dejamos, y traen la teta y el labio horadados.

Su mantenimiento principalmente es raíces de dos o tres maneras, y búscanlas por toda la tierra; son muy malas, y hinchan los hombres que las comen. Tardan dos días en asarse, y muchas de ellas son muy amargas, y con todo esto se sacan con mucho trabajo. Es tanta la hambre que aquellas gentes tienen, que no se pueden pasar sin ellas, y andan dos o tres leguas buscándolas. Algunas veces matan algunos venados, y a tiempos toman algún pescado; mas esto es tan poco, y su hambre tan grande, que comen arañas y huevos de hormigas, y gusanos y lagartijas y salamanquesas y culebras y víboras, que matan los hombres que muerden[51], y comen tierra y madera y todo lo que pueden haber, y estiércol de venados, y otras cosa que dejo de contar; y creo averiguadamente que si en aquella tierra hubiese piedras las comerían[52]. Guardan las espinas del pescado que comen, y de las culebras y otras cosas, para molerlo después todo y comer el polvo de ello. Entre éstos no se cargan los hombres ni llevan cosa de peso; mas llévanlo las mujeres y los viejos, que es la gente que ellos en menos tienen. No tienen tanto amor a sus hijos como los que arriba dijimos. Hay algunos entre ellos que usan pecado contra natura. Las mujeres son muy trabajadas y para mucho, porque de veinticuatro horas que hay entre día y noche, no tienen sino seis horas de descanso, y todo lo más de la noche pasan en atizar sus hornos para secar aquellas raíces que comen. Desde que amanece comienzan a cavar y a traer leña y agua a sus

---

[51] Véase que cuando llega a las víboras añade «que matan a los hombres», en lugar de decir que son venenosas o ponzoñosas.

[52] El «menús de los indios no deja de impresionar, no solo, por comer estiércol sino por presentar situaciones hipotéticas: «creo averiguadamente que si en aquella tierra hubiese piedras las comerían». Obsérvese nuevamente la técnica de «dejo de contar...».

casas y dar orden en las otras cosas de que tienen necesidad. Los más de éstos son grandes ladrones, porque aunque entre sí son bien partidos, en volviendo uno la cabeza, su hijo mismo o su padre le toma lo que puede. Mienten muy mucho, y son grandes borrachos[53], y para esto beben ellos una cierta cosa. Están tan usados a correr, que sin descansar ni cansar corren desde la mañana hasta la noche, y siguen un venado; y de esta manera matan muchos de ellos, porque los siguen hasta que los cansan, y algunas veces los toman vivos. Las casas de ellos son esteras, puestas sobre cuatro arcos; llévanlas a cuestas, y múdanse cada dos o tres días para buscar de comer. Ninguna cosa siembran que se pueda aprovechar; es gente muy alegre; por mucha hambre que tengan, por eso no dejan de bailar ni de hacer sus fiestas y areitos. Para ellos el mejor tiempo que éstos tienen es cuando comen las tunas, porque entonces no tienen hambre, y todo el tiempo se les pasa en bailar, y comen de ellas de noche y de día. Todo el tiempo que les duran exprímenlas y ábrenlas y pónenlas a secar, y después de secas pónenlas en unas seras, como higos, y guárdanlas para comer por el camino cuando se vuelven, y las cáscaras de ellas muélenlas y hácenlas polvo. Muchas veces estando con éstos, nos aconteció tres o cuatro días estar sin comer porque no lo había; ellos, por alegrarnos, nos decían que no estuviésemos tristes; que presto habría tunas y comeríamos muchas y beberíamos del zumo de ellas, y estaríamos muy contentos y alegres y sin hambre alguna; y desde el tiempo que esto nos decían hasta que las tunas se hubiesen de comer había cinco o seis meses. En fin, hubimos de esperar aquestos seis meses, y cuando fue tiempo fuimos a comer las tunas. Hallamos por la tierra muy gran cantidad de mosquitos de tres maneras, que son muy malos y enojosos, y

---

[53] La imagen que del indio americano nos da Cabeza de Vaca dista mucho de la presentada por Bartolomé de las Casas.

todo lo más del verano nos daban mucha fatiga; y para defendernos de ellos hacíamos al derredor de la gente muchos fuegos de leña podrida y mojada, para que no ardiesen y hiciesen humo. Esta defensión nos daba otro trabajo, porque en toda la noche no hacíamos sino llorar, del humo que en los ojos nos daba, y sobre eso, gran calor que nos causaban muchos fuegos, y salíamos a dormir, a la costa. Si alguna vez podíamos dormir, recordábannos a palos, para que tornásemos a encender los fuegos. Los de la tierra adentro para esto usan otro remedio tan incomportable y más que este que he dicho, y es andar con tizones en las manos quemando los campos y montes que topan, para que los mosquitos huyan, y también para sacar debajo de tierra lagartijas y otras semejantes cosas para comerlas. También suelen matar venado, cercándolos con muchos fuegos; y usan también esto por quitar a los animales el pasto, que la necesidad les haga ir a buscarlo adonde ellos quieren, porque nunca hacen asiento con sus casas sino donde hay agua y leña, y alguna vez se cargan todos de esta provisión y van a buscar los venados, que muy ordinariamente están donde no hay agua ni leña. El día que llegan matan venados y algunas otras cosas que pueden, y gastan todo el agua y leña en guisar de comer y en los fuegos que hacen para defenderse de los mosquitos, y esperan otro día para tomar algo que lleven para el camino. Cuando parten, tales van de los mosquitos, que parece que tienen la enfermedad de San Lázaro. De esta manera satisfacen su hambre dos o tres veces en el año, a tan grande costa como he dicho; y por haber pasado por ello puedo afirmar que ningún trabajo que se sufra en el mundo se iguala con éste. Por la tierra hay muchos venados y otras aves y animales de los que atrás he contado. Alcanzan aquí vacas[54], y yo las he visto tres veces y

---

[54] Esta es una de las primeras alusiones hechas por europeos al «bisonte americano» que los españoles llamaron «vacas corcovadas». Henry Wagner opina que esta mención del «bisonte» fue tomada de una de las

comido de ellas, y paréceme que serán del tamaño de las de España. Tienen los cuernos pequeños, como moriscas, y el pelo muy largo, merino, como una bernia[55]; unas son pardillas, y otras negras, y a mi parecer tienen mejor y más gruesa carne que las de acá. De las que no son grandes hacen los indios mantas para cubrirse, y de las mayores hacen zapatos y rodelas; éstas vienen de hacia el Norte por tierra adelante hasta la costa de la Florida, y tiéndense por toda la tierra más de cuatrocientas leguas. En todo este camino, por los valles por donde ellas vienen, bajan las gentes que por allí habitan y se mantienen de ellas, y meten en la tierra grande cantidad de cueros.

relaciones de la expedición de Coronado y fue añadida posteriormente a los *Naufragios*. Según él Cabeza de Vaca no tuvo realmente la oportunidad de llegarlos a ver. Henry R. Wagner, *The Spanish Southwest, 1542-1794*, págs. 47-48 (véase Bibliografía).

[55] Bernia: tejido basto de lana, semejante al de las mantas y de varios colores del que se hacían capas de abrigo. RAE, *Diccionario*.

Capítulo XIX

De cómo nos apartaron los indios

Cuando fueron cumplidos los seis meses que yo estuve con los cristianos esperando a poner en efecto el concierto que teníamos hecho, los indios se fueron a las tunas, que había de allí donde las habían de coger hasta treinta leguas. Ya que estábamos para huirnos, los indios con quien estábamos, unos con otros riñeron sobre una mujer, y se apuñearon y apalearon y descalabraron unos a otros; y con el grande enojo que hubieron, cada uno tomó su casa y se fue a su parte; de donde fue necesario que todos los cristianos que allí éramos también nos apartásemos, y en ninguna manera nos pudimos juntar hasta otro año. En este tiempo yo pasé muy mala vida, así por la mucha hambre como por el mal tratamiento que de los indios recibía, que fue tal, que yo me hube de huir tres veces de los amos que tenía, y todos me anduvieron a buscar y poniendo diligencia para matarme. Dios nuestro Señor por su misericordia me quiso guardar y amparar de ellos y cuando el tiempo de las tunas tomó, en aquel mismo lugar nos tornamos a juntar. Ya que teníamos concertado de huirnos y señalado el día, aquel mismo día los indios nos apartaron, y fuimos cada uno por su parte. Yo dije a los otros compañeros que yo los esperaría en las tunas hasta que la Luna fuese llena, y este día era primero de septiembre[56] y primero día de luna; y avisélos que si en este tiempo no viniesen al concierto, yo me iría solo y

---

[56] Después de seis años de andar perdido, sabe exactamente la fecha en que se encuentra.

los dejaría. Así, nos apartamos y cada uno se fue con sus indios, y yo estuve con los míos hasta trece de luna, y yo tenía acordado de me huir a otros indios en siendo en Luna llena: y a trece días del mes llegaron adonde yo estaba Andrés Dorantes y Estebanico. Dijéronme cómo dejaban a Castillo con otros indios que se llaman anagados, y que estaban cerca de allí, y que habían pasado mucho trabajo, y que habían andado perdidos. Y que otro día adelante nuestros indios se mudaron hacia donde Castillo estaba, y iban a juntarse con los que lo tenían, y hacerse amigos unos de otros, porque hasta allí habían tenido guerra, y de esta manera cobramos a Castillo. En todo el tiempo que comíamos las tunas teníamos sed, y para remedio de esto bebíamos el zumo de las tunas y sacábamoslo en un hoyo que en la tierra hacíamos, y desque estaba lleno bebíamos de él hasta que nos hartábamos. Es dulce y de color de arrope[57]; esto hacen por falta de otras vasijas. Hay muchas maneras de tunas, y entre ellas hay algunas muy buenas, aunque a mí todas me parecían así, y nunca la hambre me dio espacio para escogerlas ni para mientes en cuáles eran las mejores. Todas las más de estas gentes beben agua llovediza y recogida en algunas partes; porque aunque hay ríos como nunca están de asiento, nunca tienen agua conocida ni señalada. Por toda la tierra hay muy grandes y hermosas dehesas, y de muy buenos pastos para ganados; y paréceme que sería tierra muy fructífera si fuese labrada y habitada de gente de razón[58]. No vimos sierra en toda ella en tanto que en ella estuvimos. Aquellos indios nos dijeron que otros estaban más adelante, llamados camones, que viven hacia la costa, y habían muerto toda la gente que venía en la barca de Peñalosa y Téllez, que venían tan flacos, que aunque los mataban no se defendían; y así, los acabaron todos, y nos mostraron

---

[57] Arrope: el jugo de las frutas cocido. RAE, *Diccionario*.
[58] Interesante alusión a la gente india, por parte de Cabeza de Vaca, al no concederles la categoría de «gente de razón».

ropas y armas de ellos, y dijeron que la barca estaba allí al través. Esta es la quinta barca que faltaba, porque la del gobernador ya dijimos cómo la mar llevó, y la del contador y los frailes la habían visto hechada al través en la costa, y Esquivel contó el fin de ellos. Las dos en que Castillo y yo y Dorantes íbamos, ya hemos contado cómo junto a la isla del Mal Hado se hundieron.

Capítulo XX

De cómo nos huimos

Después de habernos mudado, desde a dos días nos encomendamos a Dios nuestro Señor y nos fuimos huyendo, confiando que, aunque era ya tarde y las tunas se acababan, con los frutos que quedarían en el campo podríamos andar buena parte de la tierra. Yendo aquel día nuestro camino con harto temor que los indios nos habían de seguir, vimos unos humos, y yendo a ellos, después de vísperas llegamos allá, donde vimos un indio, que como vio que íbamos a él, huyó sin querernos aguardar; nosotros enviamos al negro tras él, y como vio que iba solo, aguardólo. El negro le dijo que íbamos a buscar aquella gente que hacía aquellos humos. Él respondió que cerca de allí estaban las casas, y que nos guiaría allá. Así, lo fuimos siguiendo; y él corrió a dar aviso de cómo íbamos, y a puesta del Sol vimos las casas, y dos tiros de ballesta antes que llegásemos a ellas hallamos cuatro indios que nos esperaban, y nos recibieron bien. Dijímosles en lengua de mareames que íbamos a buscarlos, y ellos mostraron que se holgaban con nuestra compañía; y así, nos llevaron a sus casas, y a Dorantes y al negro aposentaron en casa de un físico, y a mí y a Castillo en casa de otro. Estos tienen otra lengua y llámanse avavares, y son aquellos que solían llevar los arcos a los nuestros y iban a contratar con ellos; y aunque son de otra nación y lengua, entienden la lengua de aquellos con quien antes estábamos, y aquel mismo día habían llegado allí con sus casas. Luego el pueblo nos ofreció muchas tunas, porque ya ellos tenían noticia de nosotros y cómo curábamos, y de las maravillas que nuestro Señor con nosotros obraba, que, aunque no hubiera otras, harto grandes eran abrirnos caminos por tierra tan despoblada, y darnos gente por donde muchos tiempos no la había, y librarnos de tantos peligros, y no permitir que nos matasen, y sustentarnos con tanta hambre, y poner aquellas gentes en corazón que nos tratasen bien, como adelante diremos.

Capítulo XXI

De cómo curamos aquí unos dolientes

Aquella misma noche que llegamos vinieron unos indios a Castillo, y dijéronle que estaban muy malos de la cabeza, rogándole que los curase; y después que los hubo santiguado y encomendado a Dios, en aquel punto los indios dijeron que todo el mal se les había quitado. Fueron a sus casas y trajeron muchas tunas y un pedazo de carne de venado, cosa que no sabíamos qué cosa era; y como esto entre ellos se publicó, vinieron otros muchos enfermos en aquella noche a que los sanase, y cada uno traía un pedazo de venado; y tantos eran, que no sabíamos a dónde poner la carne. Dimos muchas gracias a Dios porque cada día iba creciendo su misericordia y mercedes; y después que se acabaron las curas comenzaron a bailar y hacer sus areitos y fiestas, hasta otro día que el Sol salió. Duró la fiesta tres días por haber nosotros venido, y al cabo de ellos les preguntamos por la tierra adelante, y por la gente que en ella hallaríamos, y los mantenimientos que en ella había. Respondiéronnos que por toda aquella tierra había muchas tunas, mas que ya eran acabadas, y que ninguna gente había, porque todos eran idos a sus casas, con haber ya cogido las tunas; y que la tierra era muy fría y en ella había muy pocos cueros. Nosotros viendo esto, que ya el invierno y tiempo frío entraba, acordamos de pasarlo con éstos. A cabo de cinco días que allí habíamos llegado se partieron a buscar otras tunas adonde había otra gente de otras naciones y lenguas. Andadas cinco jornadas con muy grande hambre, porque en el camino no había tunas ni otra fruta ninguna, llegamos a un río, donde asentamos nuestras casas, y después de asentadas, fuimos a buscar una fruta de unos árboles, que es como hieros[59]. Como por toda esta tierra no hay caminos, yo me detuve más en buscarla: la gente se volvió, y yo quedé solo, y viniendo a buscarlos aquella noche me perdí[60], y plugo a Dios que hallé un árbol ardiendo[61], y al fuego de él pasé aquel frío aquella noche, y a la mañana yo me cargué la leña y tomé dos tizones, y volví a buscarlos, y anduve de esta manera cinco días, siempre con mi lumbre y carga de leña, porque si el fuego se me matase en parte donde no tuviese leña, como en muchas partes no la había, tuviese de qué hacer otro tizones y no me quedase sin lumbre, porque para el frío yo no tenía otro remedio, por andar desnudo como nací. Para las noches yo tenía este remedio, que me iba a las matas del monte, que estaban cerca de los ríos, y paraba en ellas antes que el Sol se pusiese, y en la tierra hacía un hoyo y en él echaba mucha leña, que se cría en muchos árboles, de que por allí hay muy gran cantidad y juntaba mucha leña de la que estaba caída y seca de los árboles. Al derredor de aquel hoyo hacía cuatro fuegos en cruz, y yo tenía cargo y cuidado de rehacer el fuego de rato en rato, hacía unas gavillas de paja larga que por allí hay, con que me cubría en aquel hoyo, y de esta manera me amparaba del frío de las noches. Una de ellas el fuego cayó en la paja con que yo estaba cubierto, y estando yo durmiendo en el hoyo, comenzó a arder muy recio, y por mucha prisa que yo me di a salir, todavía saqué señal en los cabellos del peligro en que había estado. En todo este tiem-

---

[59] Hieros o yeros: planta herbácea anual, de la familia de las papilonáceas, con tallo erguido de tres a cinco decímetros; hojas compuestas de hojuelas oblongas y terminadas en punta; flores rosáceas, y fruto en vainas infladas, nudosas con tres o cuatro semillas pardas. RAE, *Diccionario*.

[60] Son varias las ocasiones donde Cabeza de Vaca reconoce haberse perdido, lo que dificulta trazar una rota exacta de su trayectoria.

[61] La imagen del «árbol ardiendo» recuerda al pasaje bíblico de la aparición de Dios a Moisés en unas zarzas. Refuerza por tanto la dimensión mesiánica de toda la obra.

po no comí bocado ni hallé cosa que pudiese comer; y como traía los pies descalzos, corrióme de ellos mucha sangre, y Dios usó conmigo de misericordia, que en todo este tiempo no ventó el norte, porque de otra manera ningún remedio había de yo vivir. A cabo de cinco días llegué a una ribera de un río, donde yo hallé a mis indios, que ellos y los cristianos me contaban ya por muerto, y siempre creían que alguna víbora me había mordido. Todos hubieron gran placer de verme, principalmente los cristianos, y me dijeron que hasta entonces habían caminado con mucha hambre, que ésta era la causa que no me habían buscado. Aquella noche me dieron de las tunas que tenían, y otro día partimos de allí, y fuimos donde hallamos muchas tunas, con que todos satisficieron su gran hambre, y nosotros dimos muchas gracias a nuestro Señor porque nunca nos faltaba remedio.

Capítulo XXII

Cómo otro día nos trajeron otros enfermos

Otro día de mañana vinieron allí muchos indios y traían cinco enfermos que estaban tollidos y muy malos, y venían en busca de Castillo que los curase, y cada uno de los enfermos ofreció su arco y flechas, y él los recibió, y a puesta de Sol los santiguó y encomendó a Dios nuestro Señor; y todos le suplicamos con la mejor manera que podíamos les enviase salud, pues él vía que no había otro remedio para aquella gente nos ayudase y saliésemos de tan miserable vida. Él lo hizo tan misericordiosamente, que venida la mañana, todos amanecieron tan buenos y sanos, y se fueron tan recios como si nunca hubieran tenido mal ninguno. Esto causó entre ellos muy gran admiración, y a nosotros despertó que diésemos muchas gracias a nuestro Señor, a que más enteramente conociésemos su bondad, y tuviésemos firme esperanza que nos había de librar y traer donde le pudiésemos servir. De mí sé decir que siempre tuve esperanza en su misericordia que me había de sacar de aquella cautividad, y así yo lo hablé siempre a mis compañeros[62]. Como los indios fueron idos y llevaron sus indios sanos, partimos donde estaban otros comiendo tunas y estos se llaman cutalches y malicones, que son otras lenguas, y junto con ellos había otros que se llamaban coayos y susolas, y de otra parte otros llamados atayos, y estos tenían guerra con los susolas, con quien se flechaban cada día. Como por

---

[62] Poco a poco Cabeza de Vaca irá ensalzando su figura como la del «Nuevo Mesías» de los indios.

toda la tierra no se hablase sino de los misterios que Dios nuestro Señor con nosotros obraba, venían de muchas partes a buscarnos para que los curásemos. A cabo de dos días que allí llegaron, vinieron a nosotros unos indios de los susolas y rogaron a Castillo que fuese a curar un herido y otros enfermos, y dijeron que entre ellos quedaba uno que estaba muy al cabo. Castillo era médico muy temeroso, principalmente cuando las curas eran muy temerosas y peligrosas, y creía que sus pecados habían de estorbar que no todas veces sucediese bien el curar. Los indios me dijeron que yo[63] fuese a curarlos, porque ellos me querían bien y se acordaban que les había curado en las nueces, y por aquello nos habían dado nueces y cueros. Esto había pasado cuando yo vine a juntarme con los cristianos; y así hube de ir con ellos, y fueron conmigo Dorantes y Estebanico, y cuando llegué cerca de los ranchos que ellos tenían, yo ví el enfermo que íbamos a curar que estaba muerto, porque estaba mucha gente al derredor de él llorando y su casa deshecha, que es señal que el dueño estaba muerto. Así, cuando yo llegué hallé el indio los ojos vueltos y sin ningún pulso, y con todas las señales de muerto, según a mí me pareció y lo mismo dijo Dorantes. Yo le quité una estera que tenía encima, con que estaba cubierto, y lo mejor que pude apliqué a nuestro Señor fuese servido de dar salud a aquél y a todos los otros que de ella tenían necesidad. Después de santiguado y soplado muchas veces, me trajeron un arco y me lo dieron, y una sera de tunas molidas, y lleváronme a curar a otros muchos que estaban malos de modorra, y me dieron otras dos seras de tunas, las cuales di a nuestros indios, que con nosotros habían venido. Hecho esto, nos volvimos a nuestro aposento, y nuestros indios, a quien di las tunas, se quedaron allá. A la noche se volvieron a sus casas, y dijeron

---

[63] La presentación del «yo» es incesante siempre que el narrador pueda beneficiarse de esta.

que aquel que estaba muerto y yo había curado en presencia de ellos, se había levantado bueno y se había paseado, y comido, y hablado con ellos[64], y que todos cuantos había curado quedaban sanos y muy alegres.

Esto causó muy gran admiración y espanto, y en toda la tierra no se hablaba en otra cosa. Todos aquellos a quien esta fama llegaba nos venían a buscar para que los curásemos y santiguásemos sus hijos. Cuando los indios que estaban en compañía de los nuestros, que eran los cutalchiches, se hubieron de ir a su tierra, antes que se partiesen nos ofrecieron todas las tunas que para su camino tenían, sin que ninguna les quedase, y diéronnos pedernales tan largos como palmo y medio, con que ellos cortan, y es entre ellos cosa de muy gran estima. Rogáronnos que nos acordásemos de ellos y rogásemos a Dios que siempre estuviesen buenos, y nosotros se lo prometimos. Con esto partieron los más contentos hombres del mundo, habiéndonos dado todo lo mejor que tenían. Nosotros estuvimos con aquellos indios avavares ocho meses, y esta cuenta hacíamos por las lunas[65]. En todo este tiempo nos venían de muchas partes a buscar, y decían que verdaderamente nosotros éramos hijos del Sol. Dorantes y el negro hasta allí no habían curado; mas por la mucha importunidad que teníamos, viniéndonos de muchas partes a buscar, venimos todos a ser médicos, aunque en atrevimiento y osar acometer cualquier cura era yo más señalado entre ellos[66], y ninguno jamás curamos que no nos dijese que quedaba sano. Tanta confianza tenían que habían de sanar si nosotros los curásemos, que creían que en tanto que allí nosotros estuviésemos ninguno

---

[64] El «Nuevo Mesías» resucita a un muerto.

[65] Explicación de cómo llevaban la cuenta de los días.

[66] La presencia continua de este tipo de elogios a sí mismo, poniéndose siempre por encima de sus compañeros, resta en parte no solo credibilidad sino simpatía por el personaje. Sin duda, no sigue los consejos de Don Quijote (I, 16): «La alabanza propia envilece...».

había de morir. Estos y los de más atrás nos contaron una cosa muy extraña, y por la cuenta que nos figuraron parecía que había quince o diez y seis años que había acontecido, que decían que por aquella tierra anduvo un hombre, que ellos llaman Mala Cosa, y que era pequeño de cuerpo, y que tenía barbas, aunque nunca claramente le pudieron ver el rostro[67], y que cuando venía a la casa donde estaban se les levantaban los cabellos y temblaban, y luego parecía a la puerta de la casa un tizón ardiendo. Luego, aquel hombre entraba y tomaba al que quería de ellos, y dábales tres cuchilladas grandes por las ijadas[68] con un pedernal muy agudo, tan ancho como una mano y dos palmos en luengo, y metía la mano por aquellas cuchilladas y sacábales las tripas; y que cortaba de una tripa poco más o menos de un palmo, y aquello que cortaba echaba en las brasas. Luego daba tres cuchilladas en un brazo, y la segunda daba por la sangradura y desconcertábaselo, y dende a poco se lo tornaba a concertar y poníale las manos sobre las heridas, y decíannos que luego quedaban sanos, y que muchas veces cuando bailaban aparecía entre ellos, en hábito de mujer unas veces, y otras como hombre. Cuando él quería, tomaba el buhío o casa y subíala en alto, y dende a poco caía con ella y daba muy gran golpe. También nos contaron que muchas veces le dieron de comer y que jamás comió; y que le preguntaban dónde venía y a qué parte tenía su casa, y que les mostró una hendidura de la tierra, y dijo que su casa era allá debajo. De estas cosas que ellos nos decían, nosotros nos reíamos mucho, burlando de ellas. Como ellos vieron que no lo creíamos, trajeron muchos de aquellos que decían que él había tomado, y vimos las señales de las cuhilla-

---

[67] Sería interesante saber a ciencia cierta si este curioso ser fue sacado de la mitología clásica, de la del indígena norteamericano o bien de la imaginación de su creador.
[68] Ijada: cualquiera de las dos cavidades simétricamente colocadas entre las costillas falsas y los huesos de las caderas. RAE, *Diccionario*.

das que él había dado en los lugares en la manera que ellos contaban. Nosotros les dijimos que aquél era un malo, y de la mejor manera que pudimos les dábamos a entender que si ellos creyesen en Dios nuestro Señor, fuesen cristianos como nosotros, no tendrían miedo de aquel, ni él osaría venir a hacerles aquellas cosas. Que tuviesen por cierto que en tanto que nosotros en la tierra estuviésemos él no osaría parecer en ella. De esto se holgaron ellos mucho y perdieron mucha parte del temor que tenían. Estos indios nos dijeron que habían visto al asturiano y a Figueroa con otros, que adelante en la costa estaban, a quien nosotros llamábamos de los higos. Toda esta gente no conocían los tiempos por el Sol ni la Luna, ni tienen cuenta del mes del año, y más entienden y saben las diferencias de los tiempos cuando las frutas vienen a madurar, y en tiempo que muere el pescado y el aparecer de las estrellas, en que son muy diestros y ejercitados. Con estos siempre fuimos bien tratados, aunque lo que habíamos de comer lo cavábamos, y traíamos nuestras cargas de agua y leña. Sus casas y mantenimientos son como las de los pasados, aunque tienen muy mayor hambre, porque no alcanzan maíz ni bellotas ni nueces. Anduvimos siempre en cueros como ellos, y de noche nos cubríamos con cueros de venado. De ocho meses que con ellos estuvimos, los seis[69] padecimos mucha hambre, que tampoco alcanzan pescado. Y al cabo de este tiempo las tunas comienzan a madurar, y sin que de ellos fuésemos sentidos nos fuimos a otros que adelante estaban, llamados maliacones. Estos estaban una jornada de allí, donde yo y el negro llegamos. A cabo de los tres días envié que trajese a Castillo y a Dorantes; y venidos, nos partimos todos juntos con los indios, que iban a comer una frutilla de unos árboles, de que se mantienen diez o doce días, entretanto que

---

[69] Aquí se hace mención de seis personas, sin embargo, a partir de ahora solo serán cuatro los que continuaran el viaje. ¿Se está refiriendo al asturiano y a Figueroa mencionados unas líneas antes?

las tunas vienen. Allí se juntaron con estos otros indios que se llamaban arbadaos, y a éstos hallamos muy enfermos y flacos y hinchados; tanto que nos maravillamos mucho, y los indios con quien habíamos venido se vinieron por el mismo camino. Nosotros les dijimos que nos queríamos quedar con aquéllos, de que ellos mostraron pesar; y así, nos quedamos en el campo con aquéllos, cerca de aquellas casas, y cuando ellos nos vieron, juntáronse después de haber hablado entre sí, y cada uno de ellos tomó el suyo por la mano y nos llevaron a sus casas. Con éstos padecimos más hambre que con los otros, porque en todo el día no comíamos más de dos puños de aquella fruta, la cual estaba verde; tenía tanta leche, que nos quemaba las bocas; y con tener falta de agua, daba mucha sed a quien la comía. Como la hambre fuese tanta, nosotros compramos dos perros y a trueco de ellos les dimos unas redes y otras cosas, y un cuero con que yo me cubría. Ya he dicho cómo por toda esta tierra anduvimos desnudos; y como no estábamos acostumbrados a ello, a manera de serpientes mudábamos los cueros dos veces en el año, y con el Sol y el aire hacíansenos en los pechos y en las espaldas unos empeines muy grandes, de que recibíamos muy gran pena por razón de muy grandes cargas que traíamos, que eran muy pesadas; y hacían que las cuerdas se nos metían por los brazos. La tierra es tan áspera y tan cerrada, que muchas veces hacíamos leña en montes, que cuando la acabábamos de sacar nos corría por muchas partes sangre, de las espinas y matas con que topábamos, que nos rompían por donde alcanzaban. A las veces aconteció hacer leña donde, después de haberme costado mucha sangre, no la podía sacar ni acuestas ni arrastrando. No tenía, cuando estos trabajos me veía, otro remedio ni consuelo sino pensar en la pasión de nuestro redentor Jesucristo[70] y en la sangre que por mí derramó,

---

[70] El paralelismo con Jesucristo es directo y constante.

y considerar cuánto más sería el tormento de las espinas él padeció que no aquel que yo sufría. Contrataba con estos indios haciéndoles peines, y con arcos y con flechas y con redes hacíamos esteras, que son cosas, de que ellos tienen mucha necesidad; y aunque lo saben hacer, no quieren ocuparse en nada, por buscar entretanto qué comer, y cuando entienden en esto pasan muy gran hambre. Otras veces me mandaban raer cueros y hablandarlos. La mayor prosperidad en que yo allí me vi era el día que me daban a raer alguno, porque yo lo raía mucho y comía de aquellas raeduras, y aquello me bastaba para dos o tres días. También nos aconteció con estos y con los que atrás habemos dejado, darnos un pedazo de carne y comérnoslo así crudo, porque si lo pusiéramos a asar, el primer indio que llegaba se lo llevaba y comía. Parecíamos que no era bien ponerla en esta ventura[71], y también nosotros no estábamos tales, que nos dábamos pena comerlo asado, y no lo podíamos tan bien pasar como crudo. Esta es la vida que allí tuvimos, y aquel poco sustentamiento lo ganábamos con los rescates que por nuestras manos hicimos.

---

[71] Picardía para no morirse de hambre.

Capítulo XXIII

Cómo nos partimos después de haber comido los perros

Después que comimos los perros, pareciéndonos que teníamos algún esfuerzo para poder ir adelante, encomendámonos a Dios nuestro Señor para que nos guiase, nos despedimos de aquellos indios, y ellos nos encaminaron a otros de su lengua que estaban cerca de allí. E yendo por nuestro camino llovió, y todo aquel día anduvimos con agua, y allende de esto, perdimos el camino[72] y fuimos a parar a un monte muy grande, y cogimos muchas hojas de tunas y asámoslas aquella noche en un horno que hicimos, y dímosles tanto fuego, que a la mañana estaban para comer. Después de haberlas comido encomendámonos a Dios y partímonos, y hallamos el camino que perdido habíamos. Pasado el monte, hallamos otras casas de indios; y llegados allá, vimos dos mujeres y muchachos, que se espantaron, que andaban por el monte, y en vernos huyeron de nosotros y fueron a llamar a los indios que andaban por el monte. Venidos, paráronse a mirarnos detrás de unos árboles, y llamámosles y allegáronse con mucho temor; y después de haberlos hablado, nos dijeron que tenían mucha hambre, y que cerca de allí estaban muchas casas de ellos propios, y dijeron que nos llevarían a ellas. Aquella noche llegamos adonde había cincuenta casas, y se espantaban de vernos y mostraban mucho temor, y después que estuvieron algo sosegados de nosotros, allegábannos con las manos al ros-

---

[72] Se vuelven a perder. Una vez más las conjeturas sobre la trayectoria exacta de Cabeza de Vaca quedan en el aire.

tro y al cuerpo, y después traían ellos sus mismas manos por su caras y sus cuerpos, y así estuvimos aquella noche. Venida la mañana, trajéronnos los enfermos que tenían rogándonos que los santiguásemos, y nos dieron de lo que tenían para comer, que eran ojas de tunas y tunas verdes asadas. Por el buen tratamiento que nos hacían, y porque aquello que tenían nos lo daban de buena gana y voluntad, y holgaban de quedar sin comer por dárnoslo, estuvimos con ellos algunos días. Estando allí, vinieron otros de más adelante. Cuando se quisieron partir dijimos a los primeros que nos queríamos ir con aquéllos. A ellos les pesó mucho, y rogáronnos muy ahincadamente que no nos fuésemos, y al fin nos despedimos de ellos, y los dejamos llorando por nuestra partida, porque les pesaba mucho en gran manera[73].

---

[73] Dramatismo conmovedor.

Capítulo XXIV

De las costumbres de los indios de aquella tierra

Desde la isla del Mal Hado, todos los indios que a esta tierra vimos tienen por costumbre desde el día que sus mujeres se sienten preñadas no dormir juntos hasta que pasen dos años que han criados los hijos, los cuales maman hasta que son de edad de doce años; que ya entonces están en edad que por sí saben buscar de comer. Preguntámosles que por qué los criaban así, y decían que por la mucha hambre que en la tierra había, que acontecía muchas veces, como nosotros veíamos, estar dos o tres días sin comer, y a las veces cuatro. Por esta causa los dejaban mamar, porque en los tiempos de hambre no muriesen; y ya que algunos escapasen, saldrían muy delicados y de pocas fuerzas. Si acaso acontece caer enfermos algunos, déjanlos morir en aquellos campos si no es hijo, y todos los demás si no pueden ir con ellos se quedan; mas para llevar un hijo o hermano, se cargan y lo llevan a cuestas. Todos éstos acostumbran dejar sus mujeres cuando entre ellos no hay conformidad, y se tornan a casar con quien quieren. Esto es entre los mancebos, mas los que tienen hijos permanecen con sus mujeres y no las dejan, y cuando en algunos pueblos riñen y traban cuestiones unos con otros, apuñéanse y apaléanse hasta que están muy cansados, y entonces se desparten. Algunas veces los desparten mujeres, entrando entre ellos, que hombres no entran a despartirlos; y por ninguna pasión que tengan no meten en ella arcos ni flechas. Desde que se han apuñeado y pasado su cuestión, toman sus casas y mujeres, y vanse a vivir por los campos y apartados de los otros, hasta que se les pasa el enojo. Cuando ya están dese-

163

nojados y sin ira, tórnanse a su pueblo, y de ahí adelante son amigos como si ninguna cosa hubiera pasado entre ellos, ni es menester que nadie haga las amistades, porque de esta manera se hacen. Si los que riñen no son casados, vanse a otros vecinos, y aunque sean sus enemigos, los reciben bien y se huelgan mucho con ellos, y les dan de lo que tienen; de suerte, que cuando es pasado el enojo, vuelven a su pueblo y vienen ricos. Toda es gente de guerra y tienen tanta astucia para guardarse de sus enemigos como tendrían si fuesen criados en Italia[74] y en continua guerra. Cuando están en parte que sus enemigos los pueden ofender, asientan sus casas a la orilla del monte más áspero y de mayor espesura que por allí hallan, y junto a él hacen un foso, y en éste duermen. Toda la gente de guerra está cubierta con leña menuda, y hacen sus saeteras, y están cubiertos y disimulados, que aunque estén cabe ellos no los ven, y hacen un camino muy angosto y entra hasta en medio del monte, y allí hacen lugar para que duerman las mujeres y niños, y cuando viene la noche encienden lumbres en sus casas para que si hubiere espías crean que están en ellas, y antes del alba tornan a encender los mismos fuegos. Si acaso los enemigos vienen a dar en las mismas casas, los que están en el foso salen a ellos y hacen desde las trincheras mucho daño, sin que los de fuera los vean ni los puedan hallar. Cuando no hay montes en que ellos puedan de esta manera esconderse y hacer sus celadas, asientan en llano en la parte que mejor les parece y cércanse de trincheras cubiertas de leña menuda y hacen sus saeteras, con que flechan a los indios, y estos reparos hacen para de noche. Estando yo con los de agenes, no estando avisados, vinieron sus enemigos a media noche y dieron en ellos y mataron tres y hirieron otros muchos; de suerte que huyeron de sus casas por el monte

[74] Esta alusión a Italia y a la estrategia militar empleada por los indios podría confirmar la presencia de Cabeza de Vaca durante su juventud en el citado país.

adelante. Desde que sintieron que los otros se habían ido, volvieron a ellas y recogieron todas las flechas que los otros les habían echado, y lo más encubiertamente que pudieron los siguieron. Estuvieron aquella noche sobre sus casas sin que fuesen sentidos, y al cuarto del alba les acometieron y les mataron cinco, sin otros muchos que fueron heridos, y les hicieron huir y dejar sus casas y arcos, con toda su hacienda. De ahí a poco tiempo vinieron las mujeres de los que llamaban quevenes, y entendieron entre ellos y los hicieron amigos, aunque algunas veces ellas son principio de la guerra. Todas estas gentes, cuando tienen enemistades particulares, cuando no son de una familia, se matan de noche por asechanzas y usan unos con otros grandes cruel-dades.

Capítulo XXV

Cómo los indios son prestos a un arma

Esta es la más presta gente para un arma de cuantas yo he visto en el mundo, porque si se temen de sus enemigos, toda la noche están despiertos con sus arcos a par de sí y una docena de flechas. El que duerme tienta su arco, y si no lo halla en cuerda le da la vuelta que ha menester. Salen muchas veces fuera de las casas bajados por el suelo, de arte que no pueden ser vistos, y miran y atalayan por todas partes para sentir lo que hay. Si algo sienten, en un punto son todos en el campo con sus arcos y sus flechas, y así están hasta el día, corriendo a unas partes y otras, donde ven que es menester o piensan que pueden estar sus enemigos. Cuando viene el día tornan a aflojar sus arcos hasta que salen a caza. Las cuerdas de los arcos son nervios de venados. La manera que tienen de pelear es abajados por el suelo, y mientras se flechan andan hablando y saltando siempre de un cabo para otro, guardándose de las flechas de sus enemigos, tanto, que en semejantes partes pueden recibir muy poco daño de ballestas y arcabuces. Antes los indios burlan de ellos, porque estas armas no aprovechan para ellos en campos llanos, adonde ellos andan sueltos; son buenas para estrechos y lugares de agua. En todo lo demás, los caballos son los que han de sojuzgar y lo que los indios universalmente temen. Quien contra ellos hubiere de pelear ha de estar muy avisado que no le sientan flaqueza ni codicia de lo que tienen, y mientras durare la guerra hanlos de tratar muy mal; porque si temor les conocen o alguna codicia, ella es gente que saben conocer tiempos en que vengarse y toman esfuerzo del temor de los contrarios[75]. Cuando se han flechado en la guerra y gastado su munición, vuélvense cada uno su camino sin que los unos sean muchos y los otros pocos, y esta es costumbre suya. Muchas veces se pasan de parte a parte con las flechas y no mueren de las heridas si no toca en las tripas o en el corazón; antes sanan presto. Ven y oyen más y tienen más agudo sentido que cuantos hombres yo creo hay en el mundo. Son grandes sufridores de hambre y sed y de frío, como aquellos que están más acostumbrados y hechos a ello que otros. Esto he querido contar porque allende que todos los hombres desean saber las costumbres y ejercicios de los otros, los que algunas veces se vinieren a ver con ellos estén avisados de sus costumbres y ardides, que suelen no poco aprovechar en semejantes casos.

[75] Estos consejos prácticos del tratamiento que se debe hacer a los indios bien podrían haberse sacado de *El Príncipe* de Maquiavelo.

Capítulo XXVI

De las naciones y lenguas

También quiero contar sus naciones y lenguas, desde la isla del Mal Hado hasta los últimos hay[76]. En la isla del Mal Hado hay dos lenguas: a los unos llaman de Coaques y a los otros llaman de Han. En la Tierra Firme, enfrente de la isla, hay, otros que se llaman de Chorruco, y toman el nombre de los montes donde viven.

Adelante, en la costa del mar, habitan otros que se llaman Doguenes, y enfrente de ellos otros que tienen por nombre los de Mendica. Más adelante, en la costa, están los quevenes, y enfrente de ellos, dentro de la Tierra Firme, los mariames; y yendo por la costa adelante, están otros que se llaman guaycones, enfrente de estos, dentro en la Tierra Firme, los iguaces. Cabo de estos están otros que se llaman atayos, y detrás de estos, otros acubadaos, y de estos hay muchos por esta vereda adelante. En la costa viven otros llamados quitoles, y enfrente de estos, dentro en la Tierra Firme, los avavares. Con estos se juntan los maliacones, y otros cutalchiches, y otros que se llaman susolas, y otros que se llaman comos, y adelante en la costa están los camoles y en la misma costa adelante, otros a quien nosotros llamamos los de los higos[77]. Todas estas gentes tienen habitaciones y pueblos y lenguas diversas. Entre estos hay una lengua en que llaman a los hombres por mira acá; arre

---

[76] En la edición de 1542 aparece además el nombre de loa «Cuchendados».

[77] La acumulación de nombres y datos de indios es sencillamente formidable.

acá; a los perros xo; en toda la tierra se emborrachan con un humo, y dan cuanto tienen por él[78]. Beben también otra cosa que sacan de las hojas de los árboles, como de encina, y tuéstanla en unos botes al fuego, y después que la tienen tostada hinchan el bote de agua, y así lo tienen sobre el fuego, y cuando ha hervido dos veces, échanlo en una vasija y están enfriándola con media calabaza, y cuando está con mucha espuma bébenla tan caliente cuanto pueden sufrir, y desde que la sacan del bote hasta que la beben están dando voces, diciendo que ¿quién quiere beber? Y cuando las mujeres oyen estas voces, luego se paran sin osarse mudar, y aunque estén mucho cargadas, no osan hacer otra cosa, y si acaso alguna de ellas se mueve, la deshonran y la dan de palos[79], y con muy gran enojo derraman el agua que tienen para beber, y la que han bebido la tornan a lanzar, lo cual ellos hacen muy ligeramente y sin pena alguna. La razón de la costumbre dan ellos, y dicen que si cuando ellos quieren beber aquella agua las mujeres se mueven de donde les toma la voz, que en aquella agua se les mete en el cuerpo una cosa muy mala y que dende a poco les hace morir, y todo el tiempo que el agua está cociendo ha de estar el bote tapado, y si acaso está destapado y alguna mujer pasa, lo derraman y no beben más de aquella agua; es amarilla y están bebiéndola tres días sin comer, y cada día bebe cada uno una arroba y media de ella, y cuando las mujeres están en su costumbre no buscan de comer más de para sí solas, porque ninguna otra persona come de lo que ellas traen. En el tiempo que así estaba, entre estos vi una diablura, y es que vi un hombre casado con otro[80], y estos son unos hombres amarionados, impo-

---

[78] Mención del tabaco como la posesión más preciada de los indios. En este caso este tabaco tiene la propiedad de «emborrachar».

[79] El trato que aparentemente se da a la mujer por estos indios no deja de impresionar por su excesiva crueldad.

[80] Simpática y pícara alusión a la homosexualidad como «diablura».

tentes, y andan tapados como mujeres y hacen oficio de mujeres, y tiran arco y llevan muy gran carga, y entre estos vimos muchos de ellos así amarionados como digo, y son más membrudos que los otros hombres y más altos; sufren muy grandes cargas.

Capítulo XXVII

De cómo nos mudamos y fuimos bien recibidos

Después que nos partimos de los que dejamos llorando, fuímonos con los otros a sus casas, y de los que en ellas estaban fuimos bien recibidos y trajeron sus hijos para que les tocásemos las manos, dábannos mucha harina de mezquiquez. Este mezquiquez es una fruta que cuando está en el árbol es muy amarga, y es de la manera de algarrobas, y cómese con tierra, y con ella está dulce y bueno de comer. La manera que tienen con ella es ésta: que hacen un hoyo en el suelo, de la hondura que cada uno quiere, y después de echada la fruta en este hoyo, con un palo tan gordo como la pierna y de braza y media en largo, la muelen hasta muy molida. Demás que se le pega de la tierra del hoyo, traen otros puños y échanla en el hoyo y tornan otro rato a moler, y después échanla en una vasija de madera de una espuerta, y échanle tanta agua que basta a cubrirla, de suerte que quede agua por cima, y el que la ha molido pruébala, y si le parece que no está dulce, pide tierra y revuélvela con ella, y esto hace hasta que la halla dulce, y siéntanse todos alrededor y cada uno mete la mano y saca lo que puede, y las pepitas de ellas torna a echar en aquella espuerta, y echa agua como de primero, y tornan a exprimir el zumo y agua que de ello sale, y las pepitas y cáscaras tornan a poner en el cuero y de esta manera hacen tres o cuatro veces cada moledura. Los que en este banquete, que para ellos es muy grande, se hallan, quedan las barrigas muy grandes, de la tierra y agua que han bebido; y de esto nos hicieron los indios muy gran fiesta, y hubo entre ellos muy grandes bailes y areitos en tanto que allí estuvimos. Y cuando de noche dormíamos, a la puerta del rancho donde estábamos nos velaban a cada uno de nosotros seis hombres con gran cuidado, sin que nadie nos osase entrar dentro hasta que el Sol era salido. Cuando nosotros nos quisimos partir de ellos, llegaron allí unas mujeres de otros que vivían adelante; y informados de ellas dónde estaban aquellas casas, nos partimos para allá, aunque ellos nos rogaron mucho que por aquel día nos detuviésemos, porque las casas adonde íbamos estaban lejos, y no había camino para ellas, y que aquellas mujeres venían cansadas, y descansando, otro día se irían con nosotros y nos guiarían, y así nos despedimos. Dende a poco las mujeres se habían venido con otras del mismo pueblo, se fueron tras nosotros; mas como por la tierra no había caminos, luego nos perdimos[81], y así anduvimos cuatro leguas, y al cabo de ellas llegamos a beber a una agua adonde hallamos las mujeres que nos seguían[82], y nos dijeron el trabajo que habían pasado por alcanzarnos. Partimos de allí llevándolas por guía, y pasamos un río cuando ya vino la tarde que nos daba el agua a los pechos. Sería tan ancho como el de Sevilla, y corría muy mucho, y a puesta de Sol llegamos a cien casas de indios; y antes que llegásemos salió toda la gente que en ellas había a recibirnos con tanta grita que era espanto, y dando en los muslos grandes palmadas. Traían las calabazas horadadas, con piedras dentro, que es la cosa de mayor fiesta, y no las sacan sino a bailar o para curar, ni las osa nadie tomar sino ellos. Dicen que aquellas calabazas tienen virtud y que vienen del cielo, porque por aquella tierra no las hay, ni saben dónde las haya, sino que las traen los ríos cuando vienen de avenida. Era tanto el miedo y turbación que estos tenían, que por llegar más prestos los unos que los otros a tocarnos, nos apretaron tanto que por poco nos hubieran de matar.

---

[81] Se vuelven a perder.
[82] Las mujeres seguían a los cristianos, sin embargo, no hay una sola alusión sexual en todo el texto.

Sin dejarnos poner los pies en el suelo nos llevaron a sus casas, y tantos cargaban sobre nosotros y de tal manera nos apretaban, que nos metimos en las casas que nos tenían hechas, y nosotros no consentimos en ninguna manera que aquella noche hiciesen más fiesta con nosotros. Toda aquella noche pasaron entre sí en areitos y bailes, y otro día de mañana nos trajeron toda la gente de aquel pueblo para que los tocásemos y santiguásemos, como habíamos hecho a los otros con quien habíamos estado. Y después de esto hecho, dieron muchas flechas a las mujeres del otro pueblo que habían venido con las suyas. Otro día partimos de allí y toda la gente del pueblo fue con nosotros, y como llegamos a otros indios, fuimos bien recibidos, como de los pasados; y así nos dieron de lo que tenían y los venados que aquel día habían muerto. Entre estos vimos una nueva costumbre, y es que los que venían a curarse, los que con nosotros estaban les tomaban el arco y las flechas; y zapatos y cuentas, si las traían, y después de haberlas tomado nos las traían delante de nosotros para que los curásemos. Curados se iban muy contentos, diciendo que estaban sanos. Así nos partimos de aquéllos y nos fuimos a otros de quien fuimos muy bien recibidos, y nos trajeron sus enfermos, que santiguándolos decían que estaban sanos; y el que no sanaba creía que podíamos sanarle, y con lo que los otros que curábamos les decían, hacían tantas alegrías y bailes que no nos dejaban dormir.

Capítulo XXVIII

De otra nueva costumbre

Partidos de estos, fuimos a otras muchas casas, y desde aquí comenzó otra nueva costumbre, y es, que recibiéndonos muy bien, que los que iban con nosotros los comenzaron a hacer tanto mal, que les tomaron las haciendas y les saqueaban las casas, sin que otra cosa ninguna les dejasen. De esto nos pesó mucho, por ver el mal tratamiento que a aquellos que tan bien nos recibían se hacía, y también porque temíamos que aquello sería o causaría alguna alteración o escándalo entre ellos. Mas como no éramos parte para remediarlo, ni para osar castigar los que esto hacían y hubimos por entonces de sufrir, hasta que más autoridad entre ellos tuviésemos. También los indios mismos que perdían la hacienda, conociendo nuestra tristeza, nos consolaron, diciendo que de aquello no recibiésemos pena; que ellos estaban tan contentos de habernos visto, que daban por bien empleadas sus haciendas, y que adelante serían pagados de otros que estaban muy ricos. Por todo este camino teníamos muy gran trabajo, por la mucha gente que nos seguía, y no podíamos huir de ella, aunque lo procurábamos, porque era muy grande la prisa que tenían por llegar a tocarnos. Era tanta la importancia de ellos sobre esto, que pasaban tres horas que no podíamos acabar con ellos que nos dejasen. Otro día nos trajeron toda la gente del pueblo, y la mayor parte de ellos son tuertos de nubes, y otros de ellos son ciegos de ellas mismas, de que estábamos espantados[83].

---

[83] En la «Relación del capitán Jaramillo», participante en la posterior expedición de Francisco Vázquez de Coronado, se menciona que un in-

Son muy bien dispuestos y de muy buenos gestos, más blancos que otros ningunos de cuantos hasta allí habíamos visto. Aquí empezamos a ver sierras, y parecía que venían seguidas de hacia el mar del Norte. Así, por la relación que los indios de esto nos dieron, creemos que están quince leguas de la mar. De aquí nos partimos con estos indios hacia estas sierras que decimos, y lleváronnos por donde estaban unos parientes suyos, porque ellos no nos querían llevar sino por donde habitaban sus parientes, y no querían que sus enemigos alcanzasen tanto bien, como les parecía que era vernos. Y cuando fuimos llegados, los que con nosotros iban saquearon a los otros; y como sabían la costumbre, primero que llegásemos escondieron algunas cosas, y después que nos hubieron recibido con mucha fiesta y alegría, sacaron lo que habían escondido y viniéronnoslo a presentar, y esto era cuentas y almagra y algunas taleguillas de plata. Nosotros, según la costumbre, dímoslo luego a los indios que con nosotros venían, y cuando nos lo hubieron dado, comenzaron sus bailes y fiestas, y enviaron a llamar a otros de otro pueblo que estaba cerca de allí, para que nos viniesen a ver, y a la tarde vinieron todos, y nos trajeron cuentas y arcos, y otras cosillas, que también repartimos. Otro día, queriéndonos partir, toda la gente nos quería llevar a otros amigos suyos que estaban a la punta de las sierras, y decían que allí había muchas casas y gente, y que nos darían muchas cosas; mas por ser fuera de nuestro camino no quisimos ir a ellos, y tomamos por lo llano cerca de las sierras, las cuales creíamos que no estaban lejos de la costa. Toda la gente de ella es muy mala, y teníamos por mejor de atravesar la tierra, porque la gente que está metida adentro, es más bien acondicionada, y tratábannos mejor, y teníamos por cierto que hallaríamos la tierra más poblada y de

dio «ciego» vio pasar a los cuatro cristianos. Archivo General de Indias, Patronato 20, núm. 5, Ramo 8.

mejores mantenimientos. Lo último, hacíamos esto porque, atravesando la tierra, veíamos muchas particularidades de ella; porque si Dios nuestro Señor fuese servido de sacar alguno de nosotros, y traerlo a tierra de cristianos, pudiese dar nuevas y relación de ella. Y como los indios vieron que estábamos determinados de no ir por donde ellos nos encaminaban, dijéronnos que por donde nos queríamos ir no había gente, ni tunas ni otra cosa alguna que comer. Rogáronnos que estuviésemos allí aquel día, y así lo hicimos. Luego ellos enviaron dos indios para que buscasen gente por aquel camino que queríamos ir; y otro día nos partimos, llevando con nosotros muchos de ellos, y las mujeres iban cargadas de agua, y era tan grande entre ellos nuestra autoridad, que ninguno osaba beber sin nuestra licencia[84]. Dos leguas de allí topamos los indios que habían ido a buscar la gente, y dijeron que no la hallaban; de lo que los indios mostraron pesar, y tornáronnos a rogar que nos fuésemos por la sierra. No lo quisimos hacer, y ellos, como vieron nuestra voluntad, aunque con mucha tristeza, se despidieron de nosotros, y se volvieron el río abajo a sus casas, y nosotros caminamos por el río arriba, y desde a un poco topamos dos mujeres cargadas, que como nos vieron, pararon y descargáronse, y trajéronnos de lo que llevaban, que era harina de maíz, y nos dijeron que adelante en aquel río hallaríamos casas y muchas tunas y de aquella harina. Así nos despedimos de ellas, porque iban a los otros donde habíamos partido, y anduvimos hasta puesta de Sol, y llegamos a un pueblo de hasta veinte casas, adonde nos recibieron llorando y con grande tristeza, porque sabían ya que adonde quiera que llegábamos eran todos saqueados y robados de los que nos acompañaban[85], y como nos vie-

---

[84] Cabeza de Vaca resalta aquí su autoridad para con los indios y el poder que tenían sobre ellos.

[85] El «ejército» de Cabeza de Vaca parecía estar hecho de piratas y ladrones pese a la «autoridad» que dice tener sobre ellos. Esta imagen contrasta paradójicamente con la del «Buen Pastor».

ron solos, perdieron el miedo, y diéronnos tunas, y no otra cosa ninguna. Estuvimos allí aquella noche, y al alba los indios que nos habían dejado el día pasado dieron en sus casas, y como los tomaron descuidados y seguros, tomáronles cuanto tenían, sin que tuviesen lugar donde esconder ninguna cosa; de que ellos lloraron mucho. Los robadores, para consolarles, los decían que éramos hijos del Sol, y que teníamos poder para sanar los enfermos y para matarlos, y otras mentiras aún mayores que éstas, como ellos las saben mejor hacer cuando sienten que les conviene. Dijéronles que nos llevasen con mucho acatamiento, y tuviesen cuidado de no enojarnos en ninguna cosa, y que nos diesen todo cuanto tenían, y procurasen de llevarnos donde había mucha gente, y que donde llegásemos robasen ellos y saqueasen lo que los otros tenían, porque así era costumbre.

Capítulo XXIX

De cómo se robaban los unos a los otros

Después de haberlos informado y señalado bien lo que habían de hacer, se volvieron, y nos dejaron con aquéllos; los cuales, teniendo en la memoria lo que los otros les habían dicho, nos comenzaron a tratar con aquel mismo temor y reverencia que los otros, y fuimos con ellos tres jornadas, y lleváronnos adonde había mucha gente. Antes que llegásemos a ellos avisaron cómo íbamos, y dijeron de nosotros todo lo que los otros les habían enseñado, y añadieron mucho más, porque toda esta gente de indios son grandes amigos de novelas y muy mentirosos, mayormente donde pretenden algún interés[86]. Y cuando llegamos cerca de las casas, salió toda la gente a recibirnos con mucho placer y fiesta, y entre otras cosas dos físicos de ellos nos dieron dos calabazas, y de aquí comenzamos a llevar calabazas con nosotros, y añadimos a nuestra autoridad esta ceremonia, que para con ellos es muy grande. Los que nos habían acompañado saquearon las casas; mas como eran muchas y ellos pocos, no pudieron llevar todo cuanto tomaron, y más de la mitad dejaron perdido[87]. De aquí por la halda de la sierra nos fuimos metiendo por la tierra adentro más de cincuenta leguas, y al cabo de ellas hallamos cuarenta casas, y entre otras cosas que nos dieron, hubo Andrés Dorantes un cascabel gordo, grande, de cobre, y en él figurado un rostro, y esto mostraban ellos, que lo tenían en

---

[86] Cabeza de Vaca parece describirse a sí mismo en estas líneas.
[87] El saqueo es extraordinario.

mucho, y les dijeron que lo habían habido de otros sus vecinos; y preguntándoles que dónde habían habido aquello, dijéronle que lo habían traído de hacia el norte, y que allí había mucho, y era tenido en gran estima. Entendimos que do quiera que aquello había venido, había fundición y se labraba de vaciado, y con esto nos partimos otro día, y atravesamos una sierra de siete leguas, y las piedras de ella eran de escorias de hierro; y a la noche llegamos a muchas casas que estaban asentadas a la ribera de un muy hermoso río, y los señores de ellas salieron a medio camino a recibirnos con sus hijos a cuestas, y nos dieron muchas taleguillas de margarita y de alcohol molido, con esto se untan ellos la cara; y dieron muchas cuentas, y muchas mantas de vaca[88], y cargaron a todos los que venían con nosotros de todo cuanto ellos tenían. Comían tunas y piñones. Hay por aquella tierra pinos chicos, y las piñas de ellos son como huevos pequeños, mas los piñones son mejores que los de Castilla, porque tienen las cáscaras muy delgadas. Cuando están verdes, muélenlos y hácenlos pellas, y así los comen; y si están secos los muelen con cáscaras, y los comen hechos polvos. Y los que por allí nos recibían, desde que nos habían tocado, volvían corriendo hasta sus casas, y luego daban vuelta a nosotros, y no cesaban de correr, yendo y viniendo. De esta manera traíamos muchas cosas para el camino. Aquí me trajeron un hombre, y me dijeron que había mucho tiempo que le habían herido con una flecha por el espalda derecha, y tenía la punta de la flecha sobre el corazón. Decía que le daba mucha pena, y que por aquella causa siempre estaba enfermo. Yo lo toqué, y sentí la punta de la flecha, y vi que la tenía atravesada en la ternilla, y con un cuchillo que tenía le abrí el pecho hasta aquel lugar, y vi que tenía la punta atravesada, y estaba muy mala de sacar.

---

[88] La imagen que presenta Cabeza de Vaca de sí mismo es la de un hombre desnudo, sin embargo, son numerosas las ocasiones donde se les ofrecen mantas.

Torné a cortar más, y metí la punta del cuchillo, y con gran trabajo en fin la saqué. Era muy larga, y con un hueso de venado, usando de mi oficio de medicina, le di dos puntos. Dados, se me desangraba, y con raspa de un cuero le estanqué la sangre; y cuando hube sacado la punta, pidiéronmela, y yo se la di, y el pueblo todo vino a verla, y la enviaron por la tierra adentro, para que la viesen los que allá estaban, y por esto hicieron muchos bailes y fiestas, como ellos suelen hacer. Otro día le corté los dos puntos al indio, y estaba sano; y no parecía la herida que le había hecho sino como una raya de la palma de la mano, y dijo que no sentía dolor ni pena alguna[89]. Esta cura nos dio entre ellos tanto crédito por toda la tierra, cuanto ellos podían y sabían estimar y encarecer. Mostrámosles aquel cascabel que traíamos, y dijéronnos que en aquel lugar de donde aquél había venido había muchas planchas de aquellas enterradas, y que aquello era cosa que ellos tenían en mucho[90]. Había casas de asiento, y esto creemos nosotros que es la mar del Sur, que siempre tuvimos noticia que aquella mar es más rica que la del Norte. De estos nos partimos, y anduvimos por tantas suertes de gentes y de tan diversas lenguas, que no basta memoria a poderlas contar, y siempre saqueaban los unos a los otros. Así los que perdían como los que ganaban, quedaban muy contentos. Llevábamos tanta compañía, que en ninguna manera podíamos valernos con ellos. Por aquellos valles donde íbamos, cada uno de ellos llevaba un garrote

---

[89] A Cabeza de Vaca se le ha llamado el «primer cirujano de Texas». Es tal su maestría cuando hace cirujía del corazón que apenas deja cicatriz. En caso de que salga mal la operación, siempre queda la posibilidad de resucitarlo milagrosamente.

[90] Las mencionadas «planchas» de metal enterradas no habrán dejado de pasar desapercibidas a la hora de ser presentada la obra por el autor. O bien es un recurso narrativo para despertar interés por las mencionadas tierras haciéndose el narrador y a su vez testigo imprescindible en caso de localizarlas, o bien los indios utilizaron esta estratagema, como en otras ocasiones, para alejar a los españoles de sus tierra.

tan largo como tres palmos, y todos iban en ala. En saliendo alguna liebre (que por allí había hartas), cercábanla luego, y caían tantos garrotes sobre ella, que era cosa de maravilla, y de esta manera la hacían andar de unos para otros, que a mi ver era la más hermosa caza que se podía pensar, porque muchas veces ellas se venían hasta las manos. Cuando a la noche parábamos, eran tantas las que nos habían dado, que traía cada uno de nosotros ocho o diez cargas de ellas; y los que traían arcos no parecían delante de nosotros, antes se apartaban por la sierra a buscar venados. A la noche cuando venían, traían para cada uno de nosotros cinco o seis venados, y pájaros y codornices, y otras cazas; finalmente, todo cuanto aquella gente hallaban y mataban nos lo ponían delante, sin que ellos osasen tomar ninguna cosa, aunque muriesen de hambre[91]; que así lo tenían ya por costumbre después que andaban con nosotros, y sin que primero lo santiguásemos. Las mujeres traían muchas esteras, de que ellos nos hacían casas, para cada uno la suya aparte, y con toda su gente conocida; y cuando esto era hecho, mandábamos que asasen aquellos venados y liebres, y todo lo que habían tomado. Esto también se hacía muy presto en unos hornos que para esto ellos hacían; y de todo ello nosotros tomábamos un poco, y lo otro dábamos al principal de la gente que con nosotros venía, mandándole que lo repartiese entre todos. Cada uno con la parte que le cabía venían a nosotros para que la soplásemos y santiguásemos, que de otra manera no osaran comer de ella. Muchas veces traíamos con nosotros tres o cuatro mil personas[92]. Y era tan grande nuestro trabajo, que a cada uno habíamos de soplar y santiguar lo que habían de comer y beber, y para otras

---

[91] La autoridad y poder de Cabeza de Vaca sobre los indios queda bien patentizada en este pasaje, lo que le hace hasta cierto punto responsable de los saqueos y robos cometidos por ellos.

[92] El número resulta sumamente exagerado teniendo en cuenta la cantidad de víveres que son necesarios para mantener a semejante ejército.

muchas cosas que querían hacer nos venían a pedir licencia, de que se puede ver qué tanta importunidad recibíamos. Las mujeres nos traían las tunas y arañas y gusanos, y lo que podían haber; porque aunque se muriesen de hambre, ninguna cosa habían de comer sin que nosotros la diésemos. E yendo con éstos, pasamos un gran río, que venía del norte; y pasados unos llanos de treinta leguas, hallamos mucha gente que lejos de allí venían a recibirnos, y salían al camino por donde habíamos de ir, y nos recibieron de la manera de los pasados.

Capítulo XXX

De cómo se mudó la costumbre de recibirnos

Desde aquí hubo otra manera de recibirnos, en cuanto toca al saquearse, porque los que salían de los caminos a traernos alguna cosa a los que con nosotros venían no los robaban; mas después de entrados en sus casas, ellos mismos nos ofrecían cuanto tenían, y las casas con ellos. Nosotros las dábamos a los principales, para que entre ellos las partiesen, y siempre los que quedaban despojados nos seguían, de donde crecía mucha gente para satisfacerse de su pérdida. Decíanles que se guardasen y no escondiesen cosa alguna de cuantas tenían, porque no podía ser sin que nosotros lo supiésemos, y haríamos luego que todos muriesen, porque el Sol nos lo decía. Tan grandes eran los temores que les ponían, que los primeros días que con nosotros estaban, nunca estaban sino temblando y sin osar hablar ni alzar los ojos al cielo. Estos nos guiaron por más de cincuenta leguas de despoblado de muy ásperas sierras, y por ser tan secas no había caza en ellas, y por esto pasamos mucha hambre, y al cabo de un río muy grande, que el agua nos daba hasta los pechos. Desde aquí nos comenzó mucha de la gente que traíamos a adolecer de la mucha hambre y trabajo que por aquellas sierras habían pasado, que por extremo eran agras y trabajosas. Estos mismos nos llevaron a unos llanos al cabo de las sierras, donde venían a recibirnos de muy lejos de allí, y nos recibieron como los pasados, y dieron tanta hacienda a los que con nosotros venían, que por no poderla llevar dejaron a la mitad. Dijimos a los indios que lo habían dado que lo tornasen a tomar y lo llevasen, porque no quedase allí perdido; y respondieron que en ninguna manera lo harían, porque no era su costumbre, después de haber una vez ofrecido, tornarlo a tomar; y así, no lo teniendo en nada, lo dejaron todo perder. A estos dijimos que queríamos ir a la puesta de Sol, y ellos respondiéronnos que por allí estaba la gente muy lejos, y nosotros les mandábamos que enviasen a hacerles saber cómo nosotros íbamos allá, y de esto se excusaron lo mejor que ellos podían, porque ellos eran sus enemigos, y no querían que fuésemos a ellos; mas no osaron hacer otra cosa. Así, enviaron dos mujeres, una suya, y otra que de ellos tenían cautiva; y enviaron éstas porque las mujeres pueden contratar aunque haya guerra. Nosotros las seguimos, y paramos en un lugar donde estaba concertado que las esperásemos; mas ellas tardaron cinco días; y los indios decían que no debían de hallar gente. Dijímosles que nos llevasen hacia el Norte; respondieron de la misma manera, diciendo que por allí no había gente sino muy lejos, y que no había qué comer ni se hallaba agua. Con todo esto, nosotros porfiamos y dijimos que por allí queríamos ir, y ellos todavía se excusaban de la mejor manera que podían, y por esto nos enojamos, y yo me salí una noche a dormir en el campo, apartado de ellos. Luego fueron donde yo estaba, y toda la noche estuvieron sin dormir y con mucho miedo y hablándome y diciéndome cuán atemorizados estaban rogándonos que no estuviésemos más enojados, y que aunque ellos supiesen morir en el camino, nos llevarían por donde nosotros quisiésemos ir. Como nosotros todavía fingíamos estar enojados y porque su miedo no se quitase, sucedió una cosa extraña, y fue que este día mismo adolecieron muchos de ellos, y otro día siguiente murieron ocho hombres[93]. Por toda la tierra donde esto se supo hubieron tanto miedo de nosotros, que parecía en vernos que

---

[93] Es el temor más que el amor lo que hace que estos indios respetasen a los cristianos. Al grado que ocho de ellos se murieron al parecer por esta causa.

de temor habían de morir. Rogáronnos que no estuviésemos enojados, ni quisiésemos que más de ellos muriesen, y tenían por muy cierto que nosotros los matábamos con solamente quererlo. A la verdad, nosotros recibíamos tanta pena de esto, que no podía ser mayor[94]; porque, allende de ver los que morían, temíamos que no muriesen todos o nos dejasen solos, de miedo, y todas las otras gentes de ahí adelante hiciesen lo mismo, viendo lo que a estos había acontecido. Rogamos a Dios nuestro Señor que lo remediase. Así, comenzaron a sanar todos aquellos que habían enfermado, y vimos una cosa que fue de grande admiración: que los padres y hermanos y mujeres de los que murieron, de verlos en aquel estado tenían gran pena. Después de muertos, ningún sentimiento hicieron, ni los vimos llorar, ni hablar unos con otros, ni hacer otra ninguna muestra, ni osaban llegar a ellos, hasta que nosotros los mandábamos llevar a enterrar, y más de quince días que con aquéllos estuvimos a ninguno vimos hablar uno con otro, ni los vimos reír ni llorar a ninguna criatura; antes, porque una lloró, la llevaron muy lejos de allí, y con unos dientes de ratón agudos la sajaron desde los hombros hasta casi todas las piernas. Yo, viendo esta crueldad y enojado de ello, les pregunté por qué lo hacían, y respondiéronme que para castigarla porque había llorado delante de mí[95]. Todos estos temores que ellos tenían ponían a todos los otros que nuevamente. venían a conocernos, a fin que nos diesen todo cuanto tenían, porque sabían que nosotros no tomábamos nada y lo habíamos de dar todo a ellos. Esta fue la más obediente gente que hallamos por esta tierra, y de mejor condición; y comúnmente son muy dispuestos. Convalecidos los dolientes, y ya que había tres días que estábamos allí, llegaron las mujeres que habíamos enviado, diciendo que habían

---

[94] Hay cierto cinismo en estas palabras.
[95] Si era tanta la autoridad que tenían sobre los indios, es difícil comprender cómo se permitían semejantes crueldades.

hallado muy poca gente, y que todos habían ido a las vacas, que era tiempo de ellas. Mandamos a los que habían estado enfermos que se quedasen, y los que estuviesen buenos fuesen con nosotros, y que dos jornadas de allí, aquellas mismas dos mujeres irían con dos de nosotros a sacar gente y traerla al camino para que nos recibiesen. Con esto, otro día de mañana todos los que más recios estaban partiendo con nosotros, y a tres jornadas paramos, y el siguiente día partió Alonso del Castillo con Estebanico el negro, llevando por guía a las dos mujeres; y la que de ellas era cautiva los llevó a un río que corría entre unas sierras donde estaba un pueblo en que su padre vivía, y estas fueron las primeras casas que vimos que tuviesen parecer y manera de ello. Aquí llegaron Castillo y Estebanico; y después de haber hablado con los indios, a cabo de tres días vino Castillo adonde nos había dejado, y trajo cinco o seis de aquellos indios, y dijo cómo había hallado casas de gente y de asiento, y que aquella gente comía frísoles y calabazas, y que había visto maíz. Esta fue la cosa del mundo que más nos alegró, y por ello dimos infinitas gracias a nuestro Señor; y dijo que el negro venía con toda la gente de las casas a esperar al camino, cerca de allí; y por esta causa partimos. Andada legua y media, topamos con el negro y la gente que venían a recibirnos, y nos dieron frísoles y muchas calabazas para comer y para traer agua, y mantas de vacas, y otras cosas. Y como estas gentes y las que con nosotros venían eran enemigos no se entendían, partímonos de los primeros, dándoles lo que nos habían dado, y fuímonos con estos; y a seis leguas de allí, ya que venía la noche, llegamos a sus casas, donde hicieron muchas fiestas con nosotros. Aquí estuvimos un día, y el siguiente nos partimos, y llevámoslos con nosotros a otras casas de asiento, donde comían lo mismo que ellos. De ahí adelante hubo otro nuevo uso: que los que sabían de nuestra ida no salían a recibirnos a los caminos, como los otros hacían; antes los hallábamos en sus casas, y tenían hechas otras para nosotros, y estaban todos asentados, y todos tenían vueltas las caras hacia la pared y las cabezas bajas y los cabellos puestos delante de los ojos, y su hacienda puesta en montón en medio de la casa; y de aquí en adelante comenzaron a darnos muchas mantas de cueros[96], y no tenían cosa que no nos diesen. Es la gente de mejores cuerpos que vimos, y de mayor viveza y habilidad y que mejor nos entendían y respondían en lo que preguntábamos; y llamámoslos de las Vacas, porque la mayor parte que de ellas muere es cerca de allí; y porque aquel río arriba más de cincuenta leguas, van matando muchas de ellas. Esta gente andan del todo desnudos, a la manera de los primeros que hallamos. Las mujeres andan cubiertas con unos cueros de venado, y algunos pocos hombres, señaladamente los que son viejos, que no sirven para la guerra. Es tierra muy poblada. Preguntámosles cómo no sembraban maíz; respondiéronnos que lo hacían por no perder lo que sembrasen, porque dos años arreo les había faltado las aguas, y había sido el tiempo tan seco, que a todos les habían perdido los maíces los topos, y que no osarían tornar a sembrar sin que primero hubiese llovido mucho; y rogábannos que dijésemos al cielo que lloviese, y nosotros se lo prometimos de hacerlo así. También nosotros quisimos saber de dónde habían traído aquel maíz, y ellos nos dijeron que de donde el Sol se ponía, y que lo había por toda aquella tierra; mas que lo más cerca de allí era por aquel camino. Preguntámosles por dónde iríamos bien, y que nos informasen del camino, porque no querían ir allá; dijéronnos que el camino era por aquel río arriba hacia el Norte, y que en diez y siete jornadas no hallaríamos otra cosa ninguna que comer, sino una fruta que llaman chacan, y que la machucan entre unas piedras y aún después de hecha esta diligencia no se puede comer, de áspera y seca. Así era la verdad, porque allí nos lo mostraron y no

---

[96] Más mantas.

lo pudimos comer, y dijéronnos también que entretanto que nosotros fuésemos por el río arriba, iríamos siempre por gente que eran sus enemigos y hablaban su misma lengua, y que no tenían que darnos cosa a comer; mas que nos recibirían de muy buena voluntad, y que nos darían muchas mantas de algodón y cueros[97] y otras cosas de las que ellos tenían; mas que todavía les parecía que en ninguna manera no debíamos tomar aquel camino. Dudando lo que haríamos, y cuál camino tomaríamos que más a nuestro propósito y provecho fuese, nosotros nos detuvimos con ellos dos días. Dábannos a comer frísoles y calabazas; la manera de cocerlas es tan nueva, que por ser tal, yo la quise aquí poner, para que se vea y se conozca cuán diversos y extraños son los ingenios y industrias de los hombres humanos. Ellos no alcanzan ollas, y para cocer lo que ellos quieren comer hinchan media calabaza grande de agua, y en el fuego echan muchas piedras de las que más fácilmente ellos pueden encender, y toman el fuego; y cuando ven que están ardiendo tómanlas con unas tenazas de palo, y échanlas en aquella agua que está en la calabaza, hasta que la hacen hervir con el fuego que las piedras llevan. Cuando ven que el agua hierve, echan en ella lo que han de cocer, y en todo este tiempo no hacen sino sacar unas piedras y echar otras ardiendo para que el agua hierva para cocer lo que quieren, así lo cuecen.

----

[97] Mantas nuevamente. La «desnudez» de Álvar Núñez queda nuevamente en entredicho.

Capítulo XXXI

De cómo seguimos el camino del maíz

Pasados dos días que allí estuvimos, determinamos de ir a buscar el maíz, y no quisimos seguir el camino de las Vacas, porque es hacia el Norte, y esto era para nosotros muy gran rodeo, porque siempre tuvimos por cierto que yendo la puesta de Sol habíamos de hallar lo que deseábamos. Así, seguimos nuestro camino, y atravesamos toda la tierra hasta salir a la mar del Sur; y no bastó a estorbarnos esto el temor que nos ponían de la mucha hambre que habíamos de pasar, como a la verdad la pasamos, por todas las diez y siete jornadas que nos habían dicho. Por todas ellas el río arriba nos dieron muchas mantas de vacas[98], y no comimos de aquella su fruta. Nuestro mantenimiento era cada día tanto como una mano de unto de venado, que para estas necesidades procurábamos siempre de guardar, y así pasamos todas las diez y siete jornadas, y al cabo de ellas atravesamos el río y caminamos otras diez y siete. A la puesta de Sol, por unos llanos, y entre unas sierras muy grandes que allí se hacen, allí hallamos una gente que la tercera parte del año no comen sino unos polvos de paja. Por ser aquel tiempo cuando nosotros por allí caminamos, hubímoslo también de comer hasta que, acabadas estas jornadas, hallamos casas de asiento, adonde había mucho maíz allagado, y de ello y de su harina nos dieron mucha cantidad, y de calabazas y frísoles y mantas de algodón, y de todo cargamos a los que allí nos habían traído, y con esto

---

[98] Mantas otra vez.

se volvieron los más contentos. Nosotros dimos muchas gracias a Dios nuestro Señor por habernos traído allí, donde habíamos hallado tanto mantenimiento.

Entre estas casas había algunas de ellas que eran de tierra, y las otras todas son de estera de cañas. De aquí pasamos más de cien leguas de tierra, y siempre hallamos casas de asiento, y mucho mantenimiento de maíz, y frísoles, y dábannos muchos venados y muchas mantas de algodón, mejores que las de la Nueva España. Dábannos también muchas cuentas y de unos corales que hay en la mar del Sur, muchas turquesas muy buenas que tienen de hacia el Norte; y finalmente, dieron aquí todo cuanto tenían, y a mí me dieron cinco esmeraldas hechas puntas de flechas[99], y con estas flechas hacen ellos sus areitos y bailes. Pareciéndome a mí que eran muy buenas, les pregunté de dónde las habían habido, y dijeron que las traían de unas sierras muy altas que están hacia el Norte, y las compraban a trueco de penachos y plumas de papagayos, y decían que había allí pueblos de mucha gente y casas muy grandes. Entre estos vimos las mujeres más honestamente tratadas que a ninguna parte de Indias que hubiésemos visto. Traen unas camisas de algodón, que llegan hasta las rodillas, y unas medias mangas encima de ellas, de unas faldillas de cuero de venado sin pelo, que tocan en el suelo, y enjabónanlas con unas raíces que limpian mucho, y así las tienen muy bien tratadas; son abiertas por delante y cerradas con unas correas; andan calzados con zapatos. Toda esta gente venía a nosotros a que los tocásemos y santiguásemos; y eran en esto tan importunos, que con gran trabajo lo sufríamos, porque dolientes y sanos, todos querían ir santiguados. Acontecía muchas veces que las mujeres que con nosotros iban parían algunas, y luego en naciendo nos traían la criatura a que la

---

[99]   Cabeza de Vaca recibe de estos indios cinco esmeraldas hechas puntas de flechas. Inexplicablemente en el Cap. XXXIV, una vez que se ha encontrado con los cristianos, afirma que se le olvidaron.

santiguásemos y tocásemos[100]. Acompañábannos siempre hasta dejarnos entregados a otros, y entre todas estas gentes se tenía por muy cierto que veníamos del cielo. Entretanto que con estos anduvimos caminamos todo el día sin comer hasta la noche, y comíamos tan poco, que ellos se espantaban de verlo. Nunca nos sintieron cansancio, y a la verdad nosotros estábamos tan hechos al trabajo, que tampoco lo sentíamos[101]. Teníamos con ellos mucha autoridad y gravedad, y para conservar esto, les hablábamos pocas veces. El negro les hablaba siempre; se informaba de los caminos que queríamos ir y los pueblos que había y de las cosas que queríamos saber. Pasamos por gran número de diversidades de lenguas; con todas ellas Dios nuestro Señor nos favoreció, porque siempre nos entendieron y les entendimos. Así, preguntábamos y respondían por señas, como si ellos hablaran nuestra lengua y nosotros la suya; porque, aunque sabíamos seis lenguas, no nos podíamos en todas partes aprovechar de ellas, porque hallamos más de mil diferencias. Por todas estas tierras, los que tenían guerras con los otros se hacían luego amigos para venirnos a recibir y traernos todo cuanto tenían, y de esta manera dejamos toda la tierra en paz, y dijímosles, por las señas por que nos entendían, que en el cielo había un hombre que llamábamos Dios, el cual había criado el cielo y la tierra, y que éste adorábamos nosotros y teníamos por Señor, y que hacíamos lo que nos mandaba, y que de su mano venían todas las cosas buenas, y que si así ellos lo hiciesen, les iría muy bien de ello; y tan grande aparejo hallamos en ellos, que si lengua

---

[100] Probablemente aquí aparecerían los primeros mestizos de Estados Unidos. Es de dudar que los tres cristianos y el moro mantuvieran una estricta abstinencia sexual durante nueve años.

[101] Aquí afirma Cabeza de Vaca que nunca sentían cansancio, por estar tan hechos al trabajo, sin embargo, un poco más adelante en el Capítulo XXXIII, se queja de que sus compañeros no quieran adelantarse en ir a buscar a los cristianos pese a ser más «mozos» y más «recios» que él.

hubiera con que perfectamente nos entendiéramos, todos los dejáramos cristianos. Esto les dimos a entender lo mejor que pudimos, y de ahí adelante, cuando el Sol salía, con muy gran grita abrían las manos juntas al cielo, y después las traían por todo el cuerpo, y otro tanto hacían cuando se ponía. Es gente bien acondicionada y aprovechada para seguir cualquier cosa bien aparejada.

Capítulo XXXII

De cómo nos dieron los corazones de los venados

En el pueblo donde nos dieron las esmeraldas dieron a Dorantes más de seiscientos corazones de venados, abiertos, de que ellos tienen siempre mucha abundancia para su mantenimiento, y por esto le pusimos nombre al pueblo de los Corazones, y por él es la entrada para muchas provincias que están a la mar del Sur. Si los que le fueren a buscar por aquí no entraren se perderán, porque la costa no tiene maíz, y comen polvo de bledo y de paja y de pescado que toman en la mar con balsas, porque no alcanzan canoas. Las mujeres cubren sus vergüenzas con yerba y paja. Es gente muy apocada y triste. Creemos que cerca de la costa, por la vía de aquellos pueblos que nosotros trajimos, hay más de mil leguas de tierra poblada, y tienen mucho mantenimiento, porque siembran tres veces en el año frísoles y maíz. Hay tres maneras de venados: los de la una de ellas son tamaños como novillos de Castilla. Hay casas de asiento, que llaman buhíos, y tienen yerba, y esto es de unos árboles al tamaño de manzanos, y no es menester más de coger la fruta y untar la flecha con ella; y si no tiene fruta, quiebran una rama, y con la leche que tienen hacen lo mismo. Hay muchos de estos árboles que son ponzoñosos, que si majan las hojas de él y las lavan en alguna agua allegada, todos los venados y cualesquier otros animales que de ella beben revientan luego. En este pueblo estuvimos tres días, y a una jornada de allí estaba otro en el cual nos tomaron tantas aguas, que porque un río creció mucho, no lo pudimos pasar, y nos detuvimos allí quince días. En este tiempo, Castillo vio al cuello de un indio una hebilleta de talabarte de espada, y en ella cosido un clavo de herrar; tomósela y preguntámosle qué cosa era aquélla, y dijéronnos que habían venido del cielo. Preguntámosle más, que quién la había traído de allá, y respondieron que unos hombres que traían barbas como nosotros, que habían venido del cielo y llegado a aquel río, y que traían caballos y lanzas y espadas, y que habían alanceado dos de ellos. Lo más disimuladamente que pudimos les preguntamos qué se habían hecho aquellos hombres, y respondiéronnos que se habían ido a la mar, y que metieron sus lanzas por debajo del agua, y que ellos también se habían también metido por debajo, y que después los vieron ir por cima hacia puesta de Sol. Nosotros dimos muchas gracias a Dios nuestro Señor por aquello que oímos, porque estábamos desconfiados de saber nuevas de cristianos. Por otra parte, nos vimos en gran confusión y tristeza y creyendo que aquella gente no sería sino algunos que habían venido por la mar a descubrir; mas al fin, como tuvimos tan cierta nueva de ellos, dímonos más prisa a nuestro camino, y siempre hallábamos más nueva de cristianos, y nosotros les decíamos que los íbamos a buscar para decirles que no los matasen ni tomasen por esclavos, ni los sacasen de sus tierras, ni les hiciesen otro mal ninguno, y de esto ellos se holgaban mucho. Anduvimos mucha tierra, y toda hallamos despoblada, porque los moradores de ella andaban huyendo por las sierras, sin osar tener casas ni labrar, por miedo de los cristianos. Fue cosa de que tuvimos muy gran lástima, viendo la tierra muy fértil, y muy hermosa y muy llena de aguas y de ríos, y ver los lugares despoblados y quemados, y la gente tan flaca y enferma, huida y escondida toda. Como no sembraban, con tanta hambre, se mantenían con cortezas de árboles y raíces. De esta hambre a nosotros alcanzaba parte en todo este camino, porque mal nos podían ellos proveer estando tan desventurados, que parecía que se querían morir. Trajéronnos mantas de las que habían escondido por los cristianos[102], y diéronnoslas, y aun contáronnos cómo otras veces habían entrado los cristianos por la tierra, y habían destruido y quemado los pueblos, y llevado la mitad de los hombres y todas las mujeres y muchachos, y que los que de sus manos se habían podido escapar andaban huyendo. Como los víamos tan atemorizados, sin osar parar en ninguna parte, y que ni querían ni podían sembrar ni labrar la tierra, antes estaban determinados de dejarse morir, y que esto tenían por mejor que esperar y ser tratados con tanta crueldad como hasta allí, y mostraban grandísimo placer con nosotros, aunque, temimos que, llegados a los que tenían la frontera con los cristianos y guerra con ellos, nos habían de maltratar y hacer que pagásemos lo que los cristianos contra ellos hacían. Mas como Dios nuestro Señor fue servido de traernos hasta ellos, comenzáronnos a temer y acatar como los pasados y aun algo más, de que no quedamos poco maravillados; por donde claramente se ve que estas gentes todas, para ser atraídas a ser cristianos y a obediencia de la imperial majestad, han de ser llevados con buen tratamiento, y que éste es camino muy cierto, y otro no[103]. Éstos nos llevaron a un pueblo que está en un cuchillo de una sierra, y se ha de subir a él por grande aspereza; y aquí hallamos mucha gente que estaba junta, recogidos por miedo de los cristianos. Recibiéronnos muy bien, y diéronnos más de dos mil cargas de maíz, que dimos a aquellos miserables y hambrientos que hasta allí nos habían traído. Otro día despachamos de allí cuatro mensajeros por la tierra como lo acostumbrábamos hacer, para que llamasen y convocasen toda la más gente que pudiesen, a un pueblo que está a tres jornadas de allí; y hecho esto, otro día nos partimos

---

[102] Una vez más las mantas.

[103] Cabeza de Vaca y los suyos se presentan como los «defensores» de los derechos de los indios frente a las crueldades de los españoles. Ensalza las virtudes cristianas pata llevar a los indios por el buen camino. ¿Las llegó a poner en práctica alguna vez?

con toda la gente que allí estaba, y siempre hallábamos rastro y señales de donde habían dormido cristianos. A mediodía topamos nuestros mensajeros, que nos dijeron que no habían hallado gente, que toda andaba por los montes, escondidos huyendo, porque los cristianos no los matasen y hiciesen esclavos; y que la noche pasada habían visto a los cristianos estando ellos detrás de unos árboles mirando lo que hacían, y vieron cómo llevaban muchos indios en cadenas. De esto se alteraron los que con nosotros venían, y algunos de ellos se volvieron para dar aviso por la tierra cómo venían cristianos, y mucho más hicieran esto si nosotros no les dijéramos que no lo hiciesen ni tuviesen temor. Con esto se aseguraron y holgaron mucho. Venían entonces con nosotros indios de cien leguas de allí, y no podíamos acabar con ellos que se volviesen a sus casas; y por asegurarlos dormimos aquella noche allí, y otro día caminamos y dormimos en el camino. El siguiente día, los que habíamos enviado por mensajeros nos guiaron adonde ellos habían visto los cristianos; y llegados a la hora de vísperas, vimos claramente que habían dicho la verdad, y conocimos la gente que era de caballo por las estacas en que los caballos habían estado atados. Desde aquí, que se llama el río Petutan, hasta el río donde llegó Diego de Guzmán, puede haber hasta él, desde donde supimos de cristianos, ochenta leguas; y desde allí al pueblo donde nos tomaron las aguas, doce leguas; y desde allí hasta la mar del Sur había doce leguas. Por toda esta tierra donde alcanzan sierras vimos grandes muestras de oro[104] y alcohol, hierro, cobre y otros metales. Por donde están las casas de asiento es caliente; tanto, que por enero hace gran calor. Desde allí hacia el mediodía de la tierra, que es despoblada hasta la mar del Norte, es muy desastrosa y pobre, donde pasamos grande e

---

[104] Cabeza de Vaca, indudablemente sabe cómo despertar el interés de los que van a leer la obra.

increíble hambre. Los que por aquella tierra habitan y andan es gente crudelísima y de muy mala inclinación y costumbres. Los indios que tienen casa de asiento, y los de atrás, ningún caso hacen de oro y plata, ni hallan que pueda haber provecho de ello.

Capítulo XXXIII

Cómo vimos rastro de cristianos

Después que vimos rastro claro de cristianos, y entendimos que tan cerca estábamos de ellos, dimos muchas gracias a Dios nuestro Señor por querernos sacar de tan triste y miserable cautiverio. El placer de que esto sentimos júzguelo cada uno cuando pensare el tiempo que en aquella tierra estuvimos y los peligros y trabajos por que pasamos. Aquella noche yo rogué a uno de mis compañeros que fuese tras los cristianos, que iban por donde nosotros dejábamos la tierra asegurada, y había tres días de camino. A ellos se les hizo de mal esto, excusándose por el cansancio y trabajo; y aunque cada uno de ellos lo pudiera hacer mejor que yo, por ser más recios y más mozos; mas vista su voluntad, otro día por la mañana tomé conmigo al negro y once indios, y por el rastro que hallaba siguiendo a los cristianos pasé por tres lugares donde habían dormido. Este día anduve diez leguas, y otro día de mañana alcancé cuatro cristianos de caballo, que recibieron gran alteración de verme tan extrañamente vestido y en compañía de indios. Estuviéronme mirando mucho espacio de tiempo, tan atónitos, que ni me hablaban ni acertaban a preguntarme nada[105]. Yo les dije que me llevasen a donde estaba su capitán[106]; y así,

---

[105] Cabeza de Vaca dice ser él quien se encuentra por primera vez con los cristianos. Esta versión no concuerda con la crónica de Matías de la Mota y Padilla, *Historia de la Conquista del Reino de la Nueva Galicia*, págs. 111-112, donde es Dorantes y no Cabeza de Vaca, quien tiene el primer encuentro (véase Bibliografía).

[106] Paradójicamente Álvar Núñez no parece alterarse en lo más mínimo. Mantiene una postura serena e imperturbable. Al comienzo del ca-

fuimos media legua de allí, donde estaba Diego de Alcaraz que era el capitán. Después de haberle hablado, me dijo que estaba muy perdido allí, porque había muchos días que no había podido tomar indios, y que no había por donde ir, porque entre ellos comenzaba a haber necesidad y hambre. Yo le dije cómo atrás quedaban Dorantes y Castillo, que estaban diez leguas de allí, con muchas gentes que nos habían traído; y él envió luego tres caballos y cincuenta indios de los que ellos traían; y el negro volvió con ellos para guiarlos, y yo quedé allí, y pedí que me diesen por testimonio el año y el mes y día que allí había llegado, y la manera en que venía, y así lo hicieron. De este río hasta San Miguel, que es de la gobernación de la provincia que dicen la Nueva Galicia, hay treinta leguas.

pítulo, no obstante, habla de la emoción que sintieron al encontrar rastro de cristianos «el placer que de cato sentimos júzguelo cada uno cuando pensare el tiempo que en aquella tierra estuvimos y los peligros y trabajos por que pasamos».

Capítulo XXXIV

De cómo envié por los cristianos

Pasados cinco días, llegaron Andrés Dorantes y Alonso del Castillo con los que habían ido por ellos, y traían consigo más de seiscientas personas, que eran de aquel pueblo que los cristianos habían hecho subir al monte, y andaban escondidos por la tierra, y los que hasta allí con nosotros habían venido los habían sacado de los montes y entregado a los cristianos, y ellos habían despedido todas las otras gentes que hasta allí habían traído. Venidos adonde yo estaba, Alcaraz me rogó que enviásemos a llamar la gente de los pueblos que están a la vera del río, que andaban escondidos por los montes de la tierra, y que les mandásemos que trajesen de comer, aunque esto no era menester, porque ellos siempre tenían cuidado de traernos todo lo que podían. Enviamos luego nuestros mensajeros a que los llamasen, y vinieron seiscientas personas, que nos trajeron todo el maíz que alcanzaban, y traíanlo en unas ollas tapadas con barro en que lo habían enterrado y escondido, y nos trajeron todo lo más que tenían; mas nosotros no quisimos tomar de todo ello sino la comida, y dimos todo lo otro a los cristianos para que entre sí la repartiesen. Después de esto pasamos muchas y grandes pendencias con ellos, porque nos querían hacer los indios que traíamos esclavos, y con este enojo, al partir, dejamos muchos arcos turquescos que traíamos, y muchos zurrones y flechas, y entre ellas las cinco de las esmeraldas, que no se nos acordó de ellas; y así, las perdimos[107]. Dimos

---

[107] Perdieron las esmeraldas porque «no se nos acordó de ellas...».

200

a los cristianos muchas mantas de vaca y otras cosas que traíamos; vímonos con los indios en mucho trabajo porque se volviesen a sus casas y se asegurasen y sembrasen su maíz. Ellos no querían sino ir con nosotros hasta dejarnos, como acostumbraban, con otros indios; porque si se volviesen sin hacer esto, temían que se morirían; que para ir con nosotros no temían a los cristianos ni a sus lanzas. A los cristianos les pesaba de esto, y hacían que su lengua les dijese que nosotros éramos de ellos mismos, y nos habíamos perdido mucho tiempo había, y que éramos gente de poca suerte y valor, y que ellos eran los señores de aquella tierra, a quien habían de obedecer y servir. Mas todo esto los indios tenían en muy poco o nada de lo que les decían; antes, unos con otros entre sí platicaban, diciendo que los cristianos mentían, porque nosotros veníamos de donde salía el Sol, y ellos donde se pone. Que nosotros sanábamos los enfermos y ellos mataban los que estaban sanos; y que nosotros veníamos desnudos y descalzos[108], y ellos vestidos y en caballos y con lanzas. Que nosotros no teníamos codicia de ninguna cosa, antes todo cuanto nos daban tornábamos luego a dar, y con nada nos quedábamos, y los otros no tenían otro fin sino robar todo cuanto hallaban, y nunca daban nada a nadie. De esta manera relataban todas nuestras cosas y las encarecían, por el contrario de los otros; y así les respondieron a la lengua de los cristianos, y lo mismo hicieron saber a los otros por una lengua que entre ellos había, con quien nos entendíamos, y aquellos que la usan llamamos propiamente primahaitu, que es como decir vascongados, la cual, más de cuatrocientas leguas de las que anduvimos, hallamos usadas entre ellos, sin haber otra por todas aquellas tierras. Finalmente, nunca pudo acabar con los indios creer que éramos de los otros cristianos, y

---

[108] Si venían desnudos era por su propia voluntad, como se ha visto, en numerosas ocasiones los indios les ofrecen mantas de algodón y cuero. Sin embargo, de esta forma refuerza enormemente su imagen apostólica.

con mucho trabajo y importunación les hicimos volver a sus casas, y les mandamos que se asegurasen, y asentasen sus pueblos, y sembrasen y labrasen la tierra, que, de estar despoblada, estaba ya muy llena de monte. La cual sin duda es la mejor de cuantas en estas Indias hay, y más fértil y abundosa de mantenimientos, y siembran tres veces en el año. Tiene muchas frutas y muy hermosos ríos, y otras muchas aguas muy buenas. Hay muestras grandes y señales de minas de oro y plata. La gente de ella es muy bien acondicionada; sirven a los cristianos (los que son amigos) de muy buena voluntad. Son muy dispuestos, mucho más que los de Méjico, y, finalmente, es tierra que ninguna cosa le falta para ser muy buena[109].

Despedidos los indios, nos dijeron que harían lo que mandábamos, y asentarían sus pueblos si los cristianos los dejaban; y yo así lo digo y afirmo por muy cierto, que si no lo hicieren será por culpa de los cristianos.

Después que hubimos enviado a los indios en paz, y regraciádoles el trabajo que con nosotros habían pasado, los cristianos nos enviaron, debajo de cautela, a un Cebreros, alcalde, y con él otros dos, los cuales nos llevaron por los montes y despoblados, por apartarnos de la conversación de los indios, y porque no viésemos ni entendiésemos lo que de hecho hicieron; donde parece cuánto se engañan los pensamientos de los hombres, que nosotros andábamos a les buscar libertad, y cuando pensábamos que la teníamos, sucedió tan al contrario, porque tenían acordado de ir a dar en los indios que enviábamos asegurados y de paz. Así como lo pensaron, lo hicieron; lleváronnos por aquellos montes dos días, sin agua, perdidos y sin camino, y todos pensamos perecer de sed, y de ella se nos ahogaron siete hombres, y muchos amigos que los cristianos traían consi-

---

[109] Por alguna razón Álvar Núñez tiene interés especial en esta región. El mensaje resulta un tanto propagandístico.

no pudieron llegar hasta otro día a mediodía adonde aquella noche hallamos nosotros el agua. Caminamos con ellos veinte y cinco leguas, poco más o menos, y al fin de ellas llegamos a un pueblo de indios de paz, y el alcalde que nos llevaba nos dejó allí, y él pasó adelante otras tres leguas a un pueblo que se llamaba Culiacán, adonde estaba Melchor Díaz, alcalde mayor y capitán de aquella provincia.

Capítulo XXXV

De cómo el alcalde mayor nos recibió bien la noche que llegamos

Como el alcalde mayor fue avisado de nuestra salida y venida, luego aquella noche partió, y vino adonde nosotros estábamos, y lloró mucho con nosotros, dando loores a Dios nuestro Señor por haber usado de tanta misericordia con nosotros; y nos habló y trató muy bien; y de parte del gobernador Nuño de Guzmán y suya nos ofreció todo lo que tenía y podía. Mostró mucho sentimiento de la mala acogida y tratamiento que en Alcaraz y los otros habíamos hallado, y tuvimos por cierto que si él se hallara allí, se excusara lo que con nosotros y con los indios se hizo. Pasada aquella noche, otro día nos partimos, y el alcalde mayor nos rogó mucho que nos detuviésemos allí, y que en esto haríamos muy gran servicio a Dios y a Vuestra Majestad, porque la tierra estaba despoblada, sin labrarse, y toda muy destruida, y los indios andaban escondidos y huidos por los montes, sin querer venir a hacer asiento en sus pueblos, y que los enviásemos a llamar, y les mandásemos de parte de Dios y de Vuestra Majestad que viniesen y poblasen en lo llano, y labrasen la tierra. A nosotros nos pareció esto muy dificultoso de poner en efecto, porque no traíamos indio ninguno de los nuestros ni de los que nos solían acompañar y entender en estas cosas. En fin, aventuramos a esto dos indios de los que traían allí cautivos, que eran de los mismos de la tierra, y estos se habían hallado con los cristianos. Cuando primero llegamos a ellos, y vieron la gente que nos acompañaba, y supieron de ellos la mucha autoridad y dominio que por todas aquellas tierras habíamos traído y tenido[110], y las maravillas que habíamos hecho, y los enfermos que habíamos curado, y otras muchas cosas. Y con estos indios mandamos a otros del pueblo, que juntamente fuesen y llamasen los indios que estaban por las sierras alzados, y los del río de Petaan, donde habíamos hallado a los cristianos, y que les dijesen que viniesen a nosotros, porque les queríamos hablar. Para que fuesen seguros, y los otros viniesen, les dimos un calabazo de los que nosotros traíamos en las manos (que era nuestra principal insignia y muestra de gran estado), y con éste ellos fueron y anduvieron por all siete días, y al fin de ellos vinieron, y trajeron consigo tres señores de los que estaban alzados por las sierras, que traían quince hombres, y nos trajeron cuentas y turquesas y plumas, y los mensajeros nos dijeron que no habían llamado a los naturales del río donde habíamos salido, porque los cristianos los habían hecho otra vez huir a los montes. Melchior Díaz dijo a la lengua que de nuestra parte les hablase a aquellos indios, y les dijese cómo venía de parte de Dios, que está en el cielo, y que habíamos andado por el mundo muchos años, diciendo a toda la gente que habíamos hallado que creyesen en Dios y lo sirviesen, porque era Señor de todas cuantas cosas había en el mundo, y que él daba galardón y pagaba a los buenos, y pena perpetua de fuego a los malos. Cuando los buenos morían, los llevaba al cielo, donde nunca nadie moría, ni tenían hambre, ni frío, ni sed, ni otra necesidad ninguna, sino la mayor gloria que se podría pensar; y que los que no le querían creer ni obedecer sus mandamientos los echaba debajo de la tierra en compañía de los demonios y en gran fuego, el cual nunca se había de acabar, sino atormentarlos para siempre. Que allende de esto, si ellos quisiesen ser cristianos y servir a Dios de la manera que les mandásemos, que los cristianos tendrían

---

[110] Una vez más vuelve a resaltar la autoridad y dominio que sobre los indios tenían pese al pillaje y vandalismo que se hicieron los unos a los otros a lo largo de su recorrido.

por hermanos y los tratarían muy bien, y nosotros les mandaríamos que no les hiciesen ningún enojo ni los sacasen de sus tierras, sino que fuesen grandes amigos suyos; mas que si esto no quisiesen hacer los cristianos los tratarían muy mal, y se los llevarían por esclavos a otras tierras. A esto respondieron a la lengua que ellos serían muy buenos cristianos, y servirían a Dios; y preguntados en qué adoraban y sacrificaban, y a quién pedían el agua para sus maizales y la salud para ellos, respondieron que a un hombre que estaba en el cielo. Preguntámosles cómo se llamaba y dijeron que Aguar, y que creían que él había criado todo el mundo y las cosas de él. Tornámosles a preguntar cómo sabían esto, y respondieron que sus padres y abuelos se lo habían dicho, que de muchos tiempos tenían noticia de esto, y sabían que el agua y todas las buenas cosas las enviaba aquél. Nosotros les dijimos que aquel que ellos decían, nosotros lo llamábamos Dios[111], y que así lo llamasen ellos, y lo sirviesen y adorasen como mandábamos, y ellos se hallarían muy bien de ello. Respondieron que todo lo tenían muy bien entendido, y que así lo harían. Mandámosles que bajasen de las sierras, y viniesen seguros y en paz, y poblasen toda la tierra, y hiciesen sus casas, y que entre ellas hiciesen una para Dios, y pusiesen a la entrada una cruz como la que allí teníamos, y que cuando viniesen allí los cristianos, los saliesen a recibir con las cruces en las manos, sin los arcos y sin las armas, y los llevasen a sus casas, y les diesen de comer de lo que tenían, y por esta manera no les harían mal, antes serían sus amigos. Ellos dijeron que así lo harían como nosotros lo mandábamos; y el capitán les dio mantas y los trató muy bien; y así se volvieron, llevando los dos que estaban cautivos y habían ido por mensajeros. Esto pasó en presencia del escribano que allí tenían y otros muchos testigos.

---

[111] La palabra «Dios» es la más frecuente en toda la narración.

Capítulo XXXVI

De cómo hicimos hacer iglesias en aquella tierra

Como los indios se volvieron, todos los de aquella provincia, que eran amigos de los cristianos, como tuvieron noticia de nosotros, nos vinieron a ver, y nos trajeron cuentas y plumas, y nosotros les mandamos que hiciesen iglesias, y pusiesen cruces en ellas, porque hasta entonces no las habían hecho. Hicimos traer los hijos de los primeros señores y bautizarlos[112]; y luego el capitán hizo pleito homenaje a Dios de no hacer ni consentir hacer entrada ninguna, ni tomar esclavo por la tierra y gente que nosotros habíamos asegurado, y que esto guardaría y cumpliría hasta que Su Majestad y el gobernador Nuño de Guzmán, o el visorey en su nombre, proveyesen en lo que más fuese servido de Dios y de Su Majestad. Después de bautizarlos los niños, nos partimos para la villa de San Miguel, donde, como fuimos llegados, vinieron indios, que nos dijeron cómo mucha gente bajaba de las sierras y poblaban en lo llano, y hacían iglesias y cruces y todo lo que les habíamos mandado. Cada día teníamos nuevas de cómo esto se iba haciendo y cumpliendo más enteramente. Pasados quince días que allí habíamos estado, llegó Alcaraz con los cristianos que habían ido en aquella entrada, y contaron al capitán cómo eran bajados de las sierras los indios, y habían poblado en lo llano, y habían hallado pueblos con mucha gente, que de primero estaban despoblados y desiertos, y que los

---

[112] Una vez más Cabeza de Vaca quiere resaltar la importancia del papel evangelizador realizado por ellos.

indios les salieron a recibir con cruces en las manos, y los llevaron a sus casas, y les dieron de lo que tenían, y durmieron con ellos allí aquella noche.

Espantados de tal novedad, y de que los indios les dijeron cómo estaban ya asegurados, mandó que no les hiciesen mal, y así se despidieron. Dios nuestro Señor por su infinita misericordia, quiera que en los días de Vuestra Majestad y debajo de vuestro poder y señorío, estas gentes vengan a ser verdaderamente y con entera voluntad sujetas al verdadero Señor que las crió y redimió. Lo cual tenemos por cierto que así será, y que Vuestra Majestad ha de ser el que lo ha de poner en efecto (que no será difícil de hacer); porque dos mil leguas que anduvimos por tierra y por la mar en las barcas, y otros diez meses que después de salidos de cautivos, sin parar, anduvimos por la tierra, no hallamos sacrificios ni idolatría. En este tiempo travesamos de una mar a otra, y por la noticia que con mucha diligencia alcanzamos a entender, de una costa a la otra, por lo más ancho, puede haber doscientas leguas y alcanzamos a entender que en la costa del sur hay perlas y muchas riquezas, y que todo lo mejor y más rico está cerca de ella. En la villa de San Miguel estuvimos hasta quince días del mes de mayo. La causa de detenernos allí tanto fue porque de allí hasta la ciudad de Compostela, donde el gobernador Nuño de Guzmán residía, hay cien leguas y todas son despobladas y de enemigos, y hubieron de ir con nosotros gente, con que iban veinte de caballo, que nos acompañaron hasta cuarenta leguas. De allí adelante vinieron con nosotros seis cristianos, que traían quinientos indios hecho esclavos. Llegados en Compostela, el gobernador nos recibió muy bien, y de lo que tenía nos dio de vestir; lo cual yo por muchos días no pude traer, ni podíamos dormir sino en el suelo. Pasados diez o doce días partimos para Méjico, y por todo el camino fuimos bien tratados de los cristianos, y muchos nos salían a ver por los caminos y daban gracias a Dios de habernos librado de tantos peligros. Llegamos a Méjico domingo, un día antes de la víspera de Santiago, donde del visorey y del marqués del Valle fuimos muy bien tratados y con mucho placer recibidos, y nos dieron de vestir y ofrecieron todo lo que tenían, y el día de Santiago hubo fiesta y juego de cañas y toros[113].

---

[113] Tanto Hernán Cortés como Cabeza de Vaca odiaban a Pánfilo de Narváez y es posible que, si ya se habían conocido anteriormente en el palacio de los duques de Medina Sidonia, hubiesen tramado juntos todo el cuento de las «Siete ciudades de Cíbola» para burlarse del virrey de México, Antonio de Mendoza, con quien Cortés mantenía una enorme rivalidad.

Capítulo XXXVII

De lo que aconteció cuando me quise venir

Después que descansamos en Méjico dos meses, yo me quise venir en estos reinos, y yendo a embarcar en el mes de octubre, vino una tormenta que dio con el navío al través y se perdió. Visto esto, acordé de dejar pasar el invierno, porque en aquellas partes es muy recio tiempo para navegar en él; y después de pasado el invierno, por cuaresma, nos partimos de Méjico Andrés Dorantes y yo para la Veracruz, para nos embarcar, y allí estuvimos esperando tiempo hasta domingo de Ramos, que nos embarcamos y estuvimos embarcados más de quince días por falta de tiempo, y el navío en que estábamos hacía mucha agua. Yo me salí dél y me pasé a otros de los que estaban para venir, y Dorantes se quedó en aquél. A diez días del mes de abril partimos del puerto tres navíos, y navegamos juntos ciento cincuenta leguas, y por el camino los dos navíos hacían mucha agua, y una noche nos perdimos de su conserva, porque los pilotos y maestros, según después pareció, no osaron pasar adelante con sus navíos y volvieron otra vez al puerto donde habían partido, sin darnos cuenta de ello ni saber más de ellos, y nosotros seguimos nuestro viaje, y a cuatro días de mayo llegamos al puerto de La Habana, que es en la isla de Cuba, adonde estuvimos esperando los otros dos navíos, creyendo que venían, hasta dos días de junio, que partimos de allí con mucho temor de topar con franceses, que había pocos días que habían tomado allí tres navíos nuestros. Llegados sobre la isla de la Bermuda, nos tomó una tormenta, que suele tomar a todos los que por allí pasan, la cual es conforme a la gente que en ella anda, y toda una noche nos tuvimos por perdidos, y plugó a Dios que, venida la mañana, cesó la tormenta y seguimos nuestro camino. A cabo de veinte y nueve días que partimos de La Habana habíamos andado mil y cien leguas que dicen que hay de allí hasta el pueblo de Azores. Pasando otro día por la isla que dicen del Cuervo, dimos con un navío de franceses a hora de mediodía; nos comenzó a seguir con una carabela que traía tomada de portugueses y nos dieron caza, y aquella tarde vimos otras nueve velas, y estaban tan lejos, que no pudimos conocer si eran portuguesas o de aquellos mismos que nos seguían, y cuando anocheció estaba el francés a tiro de lombarda de nuestro navío. Desde que fue obscuro, hurtamos la derrota por desviarnos de él; y como iba tan junto de nosotros, nos vio y tiró la vía de nosotros, y esto hicimos tres o cuatro veces; y él nos pudiera tomar si quisiera, sino que lo dejaba para mañana. Plugó a Dios que cuando amaneció nos hallamos el francés y nosotros juntos, y cercados de las nueve velas que he dicho que a la tarde antes habíamos visto, las cuales conocíamos ser de la armada de Portugal, y di gracias a nuestro Señor por haberme escapado de los trabajos de la tierra y peligros de la mar. El francés como conoció ser el armada de Portugal, soltó la carabela que traía tomada, que venía cargada de negros, la cual traía consigo para que creyésemos que eran portugueses y la esperásemos. Cuando la soltó dijo al maestre piloto de ella que nosotros éramos franceses y de su conserva; y como dijo esto, metió sesenta remos en su navío; y así, a remo y a vela, se comenzó a ir, y andaba tanto, que no se puede creer. La carabela que soltó se fue al galeón, y dijo al capitán que el nuestro navío y el otro eran de franceses; y como nuestro navío arribó al galeón, y como toda la armada vía que íbamos sobre ellos teniendo por cierto que éramos franceses, se pusieron a punto de guerra y vinieron sobre nosotros, y llegados cerca, les salvamos[114]. Conocido que éra-

---

[114] Hacer la salva con la artillería. RAE, *Diccionario*.

mos amigos; se hallaron burlados, por habérseles escapado aquel corsario con haber dicho que éramos franceses y de su compañía. Así fueron cuatro carabelas tras él; y llegado a nosotros el galeón, después de haberles saludado, nos preguntó el capitán, Diego de Silveira, que de dónde veníamos y qué mercadería traíamos; y le respondimos que veníamos de la Nueva España, y que traíamos plata y oro. Preguntónos qué tanto sería; el maestro le dijo que traería trescientos mil castellanos. Respondió el capitán: «Boa fe que venis muito ricos, pero trazedes muy ruin navío y muito ruin artillerio, ¡o fi de puta! can a renegado francés, y que bon bocado perdio vota Deus. Ora, sus pos vos abedes escapado, seguidme e non vos apartedes de mi, que con ayuda de Deus, eu voz porné en Castela». Y dende a poco volvieron las carabelas que habían seguido tras el francés, porque les pareció que andaba mucho, y por no dejar el armada, que iba en guarda de tres naos que venían cargadas de especiería. Así llegamos a la isla Tercera, donde estuvimos reposando quince días, tomando refresco y esperando otra nao que venía cargada de la India, que era la conserva de las tres naos que traía el armada. Pasados los quince días, nos partimos de allí con el armada, y llegamos al puerto de Lisbona a de agosto[115], víspera del señor San Laurencio, año de 1537 años. Y porque es así la verdad, como arriba en esta relación digo, lo firmé de mi nombre, Cabeza de Vaca. —Estaba firmada de su nombre, y con el escudo de sus armas, la relación donde éste se sacó.

---

[115] Fernández de Oviedo «cronista oficial» se quejará diciendo que en la primera relación que le dieron «Relación Conjunta», el puerto de Lisboa que aparece citado en los *Naufragios,* no es mencionado en ningún momento. Lo mismo ocurre con su partida de Cuba como dice en una relación y su escala en esta como escribe Álvar Núñez en el presente Cap. XXXVII de los *Naufragios.*

Capítulo XXXVIII

De lo que sucedió a los demás que entraron en las Indias

Pues he hecho relación de todo susodicho en el viaje, y entrada y salida de la tierra, hasta volver a estos reinos, quiero asimismo hacer memoria y relación de lo que hicieron los navíos y la gente que en ellos quedó, de lo cual no he hecho memoria en lo dicho atrás, porque nunca tuvimos noticia de ellos hasta después de salidos, que hallamos mucha gente de ellos en la Nueva España, y otros acá en Castilla, de quien supimos el suceso y todo el fin de ello de que manera pasó, después que dejamos los tres navíos porque el otro era ya perdido en la costa brava. Los cuales quedaban a mucho peligro, y quedaban en ellos hasta cien personas con pocos mantenimientos, entre los cuales quedaban diez mujeres casadas, y una de ellas había dicho al gobernador muchas cosas que le acaecieron en el viaje, antes que le sucediesen. Esta le dijo, cuando entraba por la tierra, que no entrase, porque ello creía que él ni ninguno de los que con él iban no saldrían de la tierra; y que si alguno saliese, que haría Dios por él grandes milagros[116]; pero creía que fuesen pocos los que

---

[116] Álvar Núñez pone en boca de una mujer anónima que a su vez ha sido informada por otra mujer de localización imposible «una mora de Hornachos» todo cuanto conviene al propósito general de la obra. Esta mujer de la que habla Álvar Núñez, no está haciendo más que confirmar todo lo dicho por este en anteriores episodios del relato. Efectivamente la susodicha mujer al igual que Cabeza de Vaca, previenen al gobernador de no abandonar los navíos por el riesgo que esto suponía. Esto nuevamente se podía interpretar como una crítica al gobernador por lo arriesgado de su proceder, pero no deja de ser a la vez un elogio a la prudencia de Álvar Núñez por haber intentado prevenir el desastre. Por otro lado la «pro-

escapasen o no ningunos. El gobernador entonces le respondió que él y todos los que con él entraban iban a pelear y conquistar muchas y muy extrañas gentes y tierras, y que tenía por muy cierto que conquistándolas habían de morir muchos; pero aquéllos que quedasen serían de buena ventura y quedarían muy ricos, por la noticia que él tenía de la riqueza que en aquélla había. Díjole más, que le rogaba que ella le dijese las cosas que había dicho pasadas y presentes, ¿quién se las había dicho? Ella respondió, y dijo que en Castilla una mora de Hornachos se lo había dicho, lo cual antes que partiésemos de Castilla nos lo había a nosotros dicho, y nos había sucedido todo el viaje de la misma manera que ella nos había[117]. Y después de haber dejado el gobernador por su teniente y capitán de todos los navíos y gente que allí dejaba a Carvallo, natural de Cuenca, de Huete, nosotros nos partimos de ellos, dejándoles el gobernador mandado que luego en todas maneras se recogiesen todos los navíos y siguiesen su viaje derecho la vía del Pánuco, y yendo siempre costeando la costa y buscando lo mejor que ellos pudiesen el puerto, para que en hallándolo parasen en él y nos esperasen. En aquel tiempo que ellos se recogían en los navíos, dicen que aquellas personas que allí estaban vieron y oyeron todos muy claramente cómo aquella mujer dijo a las otras que, pues sus maridos entraban por la tierra adentro y ponían sus personas en tan gran peligro, no hiciesen en ninguna manera cuenta

---

fetisa» dice que ninguno de los que entrasen por aquellas tierras saldrían, pero al mismo tiempo afirma, y esto es lo importante, «que si alguno saliese, que haría Dios por él grandes milagros». Indudablemente Cabeza de Vaca, sin mencionar su nombre a propósito, se está haciendo llamar uno de los «elegidos» y «bienaventurados» por tener a Dios de su parte. En cuanto a los «grandes milagros» no son otros que las curaciones milagrosas y situaciones «límite» en que se encuentra el protagonista a lo largo de su obra.

[117] Con este presagio de la «mora de Hornachos» que parece cumpliese al pie de la letra, Cabeza de Vaca cierra con broche de oro una de las narraciones más entretenidas de la conquista, con elementos biográficos y de ficción consiguiendo así el propósito con que fue escrita la obra.

de ellos; y que luego mirasen con quién se habían de casar, porque ella así lo había de hacer, y así lo hizo. Ella y las demás se casaron y amancebaron con los que quedaron en los navíos; y después de partidos de allí los navíos, hicieron vela y siguieron su viaje, y no hallaron el puerto adelante y volvieron atrás. Cinco leguas más abajo de donde habíamos desembarcado hallaron el puerto, que entraba siete o ocho leguas la tierra adentro, y era el mismo que nosotros habíamos descubierto, adonde hallamos las cajas de Castilla que atrás se ha dicho, a donde estaban los cuerpos de los hombres muertos, los cuales eran cristianos. En este puerto y esta costa anduvieron los tres navíos y el otro que vino de La Habana y el bergantín buscándonos cerca de un año. Como no nos hallaron, fuéronse a la Nueva España. Este puerto que decimos es el mejor del mundo, y entra en la tierra adentro siete o ocho leguas, y tiene seis brazas a la entrada y cerca de tierra tiene cinco, y es lama el suelo de él, y no hay mar dentro ni tormenta brava, que como los navíos que cabrán en él son muchos, tiene muy gran cantidad de pescado. Está cien leguas de La Habana, que es pueblo de cristianos en Cuba, y está a norte sur con este pueblo, y aquí reinan las brisas siempre, y van y vienen de una parte a otra en cuatro días, porque los navíos van y vienen a cuartel.

Y pues he dado relación de los navíos, será bien que diga quién son y de qué lugar de estos reinos, los que nuestro Señor fue servido de escapar de estos trabajos. El primero es Alonso del Castillo Maldonado, natural de Salamanca, hijo del doctor Castillo y de doña Aldonza Maldonado. El segundo es Andrés Dorantes, hijo de Pablo Dorantes, natural de Béjar y vecino de Gibraleón. El tercero es Álvar Núñez Cabeza de Vaca, hijo de Francisco de Vera y nieto de Pedro de Vera, el que ganó a Canaria, y su madre se llamaba doña Teresa Cabeza de Vaca, natural de Jerez de la Frontera. El cuarto se llama Estebanico; es negro alárabe, natural de Azamor.

DEO GRACIAS